世界文學
經典名作

隱形人

THE INVISIBLE MAN

H·G·WELLS

H·G· 威爾斯 著
楊玉娘 譯

U0085134

前言

隱形人（The Invisible Man）亦譯為「隱身人」或「透明人」意指無法讓人以肉眼看見之角色，無法以一般光線看到，但仍可以紅外線來識別。其本體仍有物理性質，可被觸摸，因此也可以藉由潑水、噴煙方式使其現形。

威爾斯善於把科學知識通俗化，並通過小說形式凸顯出來，讓讀者大開眼界、沉迷在作品的奇異航行之中，大呼過癮、欲罷不能。因此有人說，他是「科幻小說的莎士比亞」。

赫伯特．喬治．威爾斯是一位科幻暨社會主義先知，也是同時代英國文學作品中最廣泛流傳的作者之一。在其超過四十四部的小說與社會、歷史著述中，他為科技小說開創出一片新領域，同時更積極投入展望新社會秩序的運動。

一八六六年九月，威爾斯生於英格蘭東南部的肯特郡的布羅姆利。身材削瘦的他是名結核病患者，近三十歲時一次與死神擦身而過的際遇，使他脫離一樁死氣沈沈的婚姻，同時辭去枯燥乏味的教職。

他曾當記者、教師、歷史學家，後來他決心實踐自己成為作家，以及尋求與某位女性的完美關係兩大夢想。在《時光機器》（一八九五）以及包括《隱形人》（一八九七）和《星際大戰》（一八九八）等幾部廣受歡迎的早期科幻作品中，威爾斯童年時對科學的癡迷充分表露無遺。顯赫的名聲使他受邀加入費邊學社❶——一個後來逐漸變質的聯盟。

威爾斯繼續追求能夠結合情感與才智的理想女性。一九一四年，他顯然終於如願以償；他迎娶了年輕的英國作家麗貝卡·韋斯特。對於自己早期小說中對科學和工業技術的擁護，威爾斯有著愛惡交織的矛盾情感；這種情感漸漸被自己是社會的創造者、是謹慎戒懼的先知等意識取代；整個一九三〇年代，在熱心規劃社會重建之餘，他的主要活動重心便是致力於警告人類正瀕於災禍前夕。

一九四六年，就在第一顆原子彈爆炸不久，他以八十之齡謝世。

❶ Fabian Society：一八八四年創立於英國，主張以和平漸進手段實現社會主義之一團體。

目錄

第一章・怪客初到

那怪客是在一個寒冷的二月天的大清早，頂著刺骨寒風，穿越鵝絨細雪而來。這是那一年裡的最後一場降雪。他手戴厚厚的手套，拎著一個黑色小旅行皮箱，踩著綿綿雪地，看樣子像是打從「荊棘林火車站」出來的。他從頭到腳裹著保暖衣物，頭上的軟氈帽帽沿遮去整張臉龐的每一吋地方，只露出一點光亮的鼻尖。雪花堆積在他的肩頭和胸坎，又爲所攜的行李上頭添加一頂白冠。這人蹣跚跨入「車馬棧」，擱下小皮箱。客棧裡死氣沈沈，感受不到半點活力。「火！」他嚷著：「看在老天爺份上，快給個房間，燒盆火！」他跺跺腳，在櫃台處抖掉一身雪花，跟隨賀爾太太走入她的客房，議訂住宿價格。經過一番詳盡介紹後，他欣然認可房錢，擲了兩枚金鎊在桌上，住進這家客棧。

賀爾太太生好火，撇下他，下去爲他親手調理一頓正餐。冬天裡能有客人在宜賓落腳，本來就是椿聞所未聞的奇事，更甭說是這麼個全然不「討價還價」的客人了。賀爾太太決心好好露兩手，以顯示自己當得起如此好運。等到燻肉燻得差不多，手腳遲頓的助手蜜莉也在連遭她擺了幾個司空見慣的鄙夷表情以後表現得利落些了。她很快帶著餐巾、端著杯盤來到客房，以最隆重的姿態擺設這些東西。她驚訝地發現，儘管爐火燒得正旺，那人依舊頭戴帽子、身穿大衣，背對著她站在窗口，凝視院子裡頭紛紛飄墜的雪花，兩手交疊在背後，彷彿正在沈思。她注意到依然在他肩頭閃著銀光的溶雪，正一滴滴滴落到自己的地毯上。

「我是不是可以把你的大衣和帽子，」她說：「拿到廚房去給它徹底烘乾。」

「不！」他頭也不回地應聲。

她不確定那人是否聽到自己的問話，正要重覆一聲。

他扭過頭來，注視著她，加重語氣表示：「我寧可照舊穿戴著。」

她注意到他戴著一副配有偏光鏡片的藍色大眼鏡，大衣領子以上又蓄著把濃濃密密的落腮鬍，把整個面部和兩頰全給遮住了。

「很好，先生！」她說：「隨你的便吧！要不了一會兒，房裡就會溫暖多啦！」

他再度把臉別開，沒有答腔。賀爾太太感到這不是藉著交談來對他表示友善的好時機，於是迅速擺好剩下的餐具，然後快步離開。等她回來時，那人仍舊像尊石像般佇立原地，弓著背，衣領上翻，溼淋淋的帽沿向下壓，徹底遮蓋臉龐和雙耳。

她鄭重其事地放下蛋和燻肉，與其說是在對他說，倒不如說是在對他喊：「先生，你的午餐準備好啦！」

「謝謝！」他立即應聲，人卻動也不動，直到她帶上房門，這才趕緊轉過身來，迫不及待地疾走到桌旁。

她剛從吧台後走向廚房，就聽見某個聲音以規律的音程在周而復始地響著。吱嘎，吱嘎，吱嘎！是一支湯匙在淺盆裡疾速攪動的聲音。

「那女孩！」她輕呼：「呀呀！我都給忘啦！都大半天了。她可眞能蘑菇！」於是她親自接手完成攪拌芥末的工作，同時爲蜜莉的拖拖拉拉狠狠數落她幾句。她都已經煎好火腿、煮好蛋，擺好了餐桌，做好每一件事情，而蜜莉（助手；眞是！）卻搞了半天，還沒把芥末醬調好。那一頭可是個想要住宿的新客人呢！她忙愼滿了芥末罐，鄭重萬分地用一個黑金雙色的茶盤托著端進客房。

她敲敲門，快步往裡走。她的房客聽見聲響，急急忙忙移動，因此她只匆匆瞥見一個白色的物體在餐桌後方消失蹤影，看起來就像他正要從地上拾起什麼東西似的。她用芥末罐敲敲桌面，這才注意到客人已經脫下大衣、帽子，擱在爐前的一把椅子上，一雙溼答答的靴子大有要把她的鋼鐵炭欄滴得生誘之勢。她斷然朝那些東西走去，以不容拒絕的口吻表示：「我看現在我該可以把它們烘乾了。」

「別動帽子！」客人發出沈悶的聲音。她一扭頭，看見對方已經抬起頭來，正坐在椅子上對著她望。

她目瞪口呆，望著他，一時震驚得說不出話來。

他手持一方白布——是一條餐巾——掩住臉龐下半部，因此整個嘴巴和上下顎全被遮住了，講話的聲音也才會顯得那麼窒悶。但賀爾太太吃驚的不是這個，而是事實上，他的整個額頭在那副藍彩的眼鏡以上，全被一條繃帶蓋住了，另一條繃帶則遮去他的雙耳，偌大的臉部只暴露出淡紅色的尖鼻；而那鼻子還像最初一樣紅潤、光澤、醒目。他身上穿著一件天鵝絨夾克，黑色的亞麻布裡襯高領向上翻起，圍住了脖子；濃密的黑髮竭盡所能地自兩條交叉的繃帶之間和底下鑽出，形成好些稀奇古怪的髮束和犄角。整個外型怪異到出乎人所能想像之外的地步。她壓根兒沒料到會看到這樣一顆纏著繃帶、包得密密麻麻的頭，一時之間不由得僵在那兒。

他沒移開那方餐巾，反而用（她現在看清楚了）戴著棕色手套的手繼續拿著它擋住臉龐，戴著無法透視的藍眼鏡瞅著她，透過白布，一清二楚地交代：「別動帽子。」

她的神志開始從錯愕中恢復清醒，把那頂帽子放回爐畔的椅子上。「我不知道，先生，」她開口說道：「你——」隨即尷尬地閉上嘴巴。

「謝謝妳！」他冷冷淡淡地說著，視線由她身上飄向房門，然後又轉回她的身上。

「我一定會把它們烘得乾乾爽爽，先生——馬上。」她說著，拿著他的衣物出了客房。將要跨出房門時，她再次瞄瞄他那裹在白布條裡的頭和藍色護目鏡；但那條餐巾依舊蒙在他的臉前。她微微冷顫，關上房門，滿臉淨是無限驚訝和困惑。「我從未……」她低聲私語：「噢！」隨即輕手輕腳地走到廚房。由於太過出神，竟然沒有一進廚房就詢問蜜莉現在在瞎忙些什麼。

客人坐下來，側耳傾聽她漸漸走遠的腳步聲，探頭探腦地瞄瞄窗口，再拿掉覆面的餐巾繼續用餐。他滿含一大口食物，疑神疑鬼地瞄瞄窗口，再吃一口，然後站起身來，手上拿著餐巾，走到房間另一頭，拉下百葉窗，一直遮到掩住下面窗板的白棉布窗簾頂上。如此一來，房裡只剩昏弱的微光，而他也才帶著較輕鬆的態度回到桌邊用餐。

「這可憐人想必是出過車禍或者動過手術什麼的。」賀爾太太說：「那些繃帶嚇了我多大一跳呵！毫無疑問。」

她往爐裡添些煤炭，展開曬衣架，把旅客的大衣攤在上頭，說：「還有那副護目鏡！呼，他看起來不像個正常人，倒像潛水夫！」再把他的圍巾晾在衣架一角：「而且隨時隨地拿著那條手巾掩住嘴巴，捂著它說話……或許他的嘴也受傷了——很有可能。」

她像是猛想起什麼，一轉身，突然改變關切的焦點，說：「我的媽呀！蜜莉，妳還沒把馬鈴薯弄好哇？」

等到賀爾太太進去收拾客人的午餐時，猜測他的嘴一定也受了傷或破了相的念頭，便肯定無疑了。因爲他正在抽菸斗；而在她逗留房裡的這段時間內，他始終不曾解開圍住下半張臉的絲面紗，以便將菸嘴送到唇邊。然而那並非因爲他把手上的菸斗給忘了；因爲她看見當菸熄滅時，那人瞄了它一眼。在酒足飯飽、全身都已暖洋洋之餘，這會兒他背對窗簾，坐在牆角並開口說話，語氣不再像先前那般簡潔，帶著幾分衝動的味道。原先一直顯得毫無半點生氣的大眼鏡映著火光，平添一股火紅的熱力。

「我有些行李，」他說：「放在荊棘林車站。」接著又向她請教要怎樣才能叫人送來。聽完她的說明之後，他彬彬有禮地低下紮著繃帶的頭鞠躬爲禮。「明天！」他問：「沒有更快速的運送可能嗎？」聽到她答了一聲：「沒有。」他似乎相當失望：「妳眞的很確定嗎？沒有駕輕馬車的人會往那裡去嗎？」

賀爾太太欣然回答他的問題，同時藉機攀談。「下坡的路很陡，先生。」關於輕馬車的問題，她如此回答，然後逮個機會說：「一年前左右有部大馬車翻了車，一位紳士送了命，還賠上他的車夫。意外總是在一瞬間發生！不是嗎，先生？」

然而，這名客人卻沒那麼容易上鉤。「的確。」他透過面巾應了一聲，兩眼從難窺究竟的鏡片後注視著她。

「但復原卻要花上好長一段時間。不是嗎，先生？——我姊姊的孩子湯姆不過是在田裡絆著大鐮刀，跌了一跤，割傷手臂。天哪！整整裹了三個月的傷呢，先生！簡直教人難以相信！這自然讓我害怕鐮刀害怕得要命囉，先生！」

「我完全可以體會。」客人說。

「他，一度擔心必須動手術——傷勢太重了，先生。」

客人猝然大笑，彷彿是咬著牙強忍了好久才猛然爆發出來的笑聲，「是嗎？」

「是的，先生。照料他對他們而言可不是件好笑的事，我也一樣——家姊忙幾個小孩都快忙不過來了。每天要上繃帶、拆繃帶的，先生。因此，我是否可以斗膽說句——」

「幫我拿個火柴來，好嗎？」客人十分突兀地說：「我的菸熄了。」

賀爾太太猛然噤口。在她向他吐露自己所做過的一切之後，他這樣的態度實在太無禮了。一時間她氣咻咻地對著他，繼而想起那兩金鎊租金，於是依言去將火柴拿過來。

「謝謝。」他簡短地道聲謝謝後又轉身背向她，再度凝視窗外。這實在太令人灰心了。對於手術、繃帶之類的話題，他顯然十分敏感。不過，她畢竟沒有眞的那麼「斗膽」接著往下說。只是他那副拒人於千里之外的樣子當眞惹惱了她，於是那天下午，蜜莉的時間就難捱嘍。

那名客人一直在客房裡待到四點，完全不留給人一絲絲闖入的藉口。這期間，他大半時候都安靜得悄無聲息。看起來，他大概是就著火光，坐在漸漸昏暗的暮色裡抽菸；或許是在打盹也難說。

這當中很可能有某個好奇的竊聽者，間或在煤炭嗶波聲中傾聽他的動靜。約有五分鐘時間，他在房裡踱來踱去的腳步聲清晰可聞，人也彷彿在自言自語。接著他又坐回椅子上，搖椅發出「咿——呀！」的聲響。

第二章・泰迪、韓福瑞先生的第一印象

四點整，天色已經很暗，賀爾太太正想鼓起勇氣進去問問房客是否要喝點茶，只見鐘錶商泰迪・韓福瑞走進酒吧間裡來。「我的老天，賀爾太太！」他說：「這種天氣穿薄薄的靴子可真要命！」屋外雪下得更急更大了。

賀爾太太附和他的意思，隨即注意到他帶著工具袋，興起一個絕妙的靈感。「既然你來了，泰迪先生，」她說：「要是你肯瞧瞧客房裡那個老鐘，我會很高興。它還能走，敲得也很準、很響，只是時針老是指在六點鐘。」

於是，她領著路，來到客房外，敲敲門，走了進去。

她注意到當她開門時，她的房客正坐在壁爐前，纏著繃帶的頭垂向一側，看似正在小憩。房裡唯一的亮光是爐火散發的紅光——那火光將他的眼睛照耀得如同逆向的鐵路號誌，下垂的臉龐卻浸浴在黑暗裡——一絲絲僅餘的白晝痕跡穿過打開的房門跑了進來。在她眼中一切都是帶著紅光、陰影錯落，尤其是剛剛才點亮酒吧間的燈，這會兒更覺得兩眼昏花。可是剎那間，她感到自己注視的那人彷彿張開奇大無比的嘴巴——一張大得不可思議、足以吞沒他整張臉龐下半部的嘴巴。那只是瞬息之間的感覺：裹著白布的頭顱、大得離譜的銅鈴大眼，還有底下的大呵欠。這時他蠕動身體，猛然在椅子上驚醒過來，並舉起他的手。

賀爾太太把門推得更開，使得房裡更亮，而她也看他看得更清楚。他就像早先拿著餐巾掩面一樣，現在拿條圍巾捂住臉龐。她心想，剛剛必定是陰影作弄了她。

「先生，你是否介意這個人來看看時鐘？」她從短暫的驚愕中恢復過來，問道。

「看看時鐘？」他昏昏欲睡地捂著嘴左顧右盼，然後漸漸完全清醒過來，「當然。」

賀爾太太退下去拿盞燈來，而他也站起來伸伸懶腰。燈送到後，泰迪．韓福瑞走進房裡，迎面與纏著繃帶的房客撞個正著。據他說，被「嚇了一大跳」。

「午安。」客人戴了副顯然全黑的眼鏡——韓福瑞先生說——「像隻龍蝦一樣」，啾著他打招呼。

「但願，」韓福瑞先生說：「沒打擾到你。」

「沒有，一點兒也沒有。」客人回答：「不過據我所知，」他扭頭對賀爾太太說：「這房間應該是全部屬於我，供我個人使用的。」

「我以爲，先生，」賀爾太太說：「你會比較喜歡把鐘——」她正打算說：「修好。」

「當然，」房客說：「當然——只是，大體而言，我喜歡不受干擾，一個人獨處。」

「不過我很高興有鐘可看。」看見韓福瑞先生遲疑兩難的態度，他又表明：「非常高興。」韓福瑞先生原本已經打算道個歉離開，但客人的期望使他安下心來。那人背對壁爐而立，兩手揹在背後。「同時，」他說：「等鐘一修好，我想馬上喝點茶。不過，一定要等修完鐘之後。」

賀爾太太正要離開房間——這一回她不再企圖找話攀談，以免當著韓福瑞先生的面踢到鐵板——客人卻問起有關他寄放在荊棘林的行李，不知她是否做好任何安排。她告訴他，她已經向郵差提過這件事，明早運送員就可以把它們送過來。

「妳確定那是最早的嗎？」他問。

她冷冷地表示：她確定。

「我理該說明一下，」他補充道：「我是個實驗研究者。早先我實在太累太冷，以至於沒有好好解釋清楚。」

「的確，先生。」賀爾太太印象深刻。

「而我的行李中包含一些儀器和用具。」

「那些都是很有用的東西。眞的，先生。」賀爾太太回答。

「而我自然急於在我的研究工作上有所進展。」

「這是當然，先生。」

「我之所以來到宜賓，」他相當審愼地接著表示：「是出於——一股獨居的渴望。我不希望在工作中受到干擾。除此之外，一場意外——」

「我就知道。」賀爾太太自言自語。

「——使我必須確確實實離群索居。我的眼睛——有時非常虛弱、疼痛，使我非得在黑暗中接連閉目好幾個小時，把自己鎖起來。有時候——偶爾。當然，不是現在。在那些時候，只要一點最輕微的干擾，某個陌生人進入房裡，對我來說，都是極爲擾人的苦惱——這些事情，妳最好先有個底。」

「當然，先生。」賀爾太太說：「不知我是否可以斗膽請問——」

「我想，沒別的事了。」房客平平靜靜地擺出他隨時隨地可以裝出來，讓人無法反駁的終止姿態，於是賀爾太太只好將她的問題和同情保留到更好的時機。

賀爾太太離開房間後，他依舊站在壁爐前面，狠狠盯著（照韓福瑞先生的說法）修理鐘錶的工作。韓福瑞先生不只拆下鐘面和指針，甚至摘下整個機件，並試著盡可能採取最慢、最安靜、最不招搖的方式工作。他把燈拿近身旁做事，青綠的色澤在他的雙手、鐘框和齒輪上投出耀眼的亮光，整個房間的其他地方都是陰影幢幢。當他抬起頭來，舉目所見，淨是一方方色塊。生性好奇的他已經拆下所有零件——一道完全不必要的手續——心想藉此延後離去的時間，也許還能與這陌生人交談起來。但那房客卻動也不動，並且悶不吭聲地佇立在原地。無聲無息，搞得韓福瑞心中發慌。他感覺房內只有自己一人，抬頭一看，只見灰暗朦朧中有顆纏著繃帶的腦袋，和一對緊緊逼視著自己的藍色大鏡片，鏡片前方飄浮著點點迷茫的綠光。這幅畫面在韓福瑞眼中是如此怪誕，以致一時之間，兩人都茫茫然地望著對方。接著韓福瑞又低下頭去。多麼尷尬的處境啊！眞想找點什麼話說。他是否該開口評論這個時節天氣冷得要命？

彷彿要先瞄準目標以便開槍射擊，他抬頭仰望，說：「天氣——」

「你爲何不收拾完畢，快走？」那嚴厲的房客顯然憋足了滿腔怒火：「你要做的工作就只有把時針固定在它的轉軸上，現在根本只是在耍人——」

「當然，先生——只要一、兩分鐘，先生。我沒注意到——」於是，韓福瑞先生馬上結束工作離去。

可是，他卻是帶著一肚子不快走的。「該死！」韓福瑞先生踩著漸漸融解的冰雪，一路自言自語地走下村莊，「一個必須不時整理時鐘的人，當然會作假。」

不久又嘀咕：「難道不能有人多看你一眼嗎？——醜八怪！」又說：「看來不行。就算警方正在緝捕你，你也不可能裹得更密不透風啦！」

在葛立森店轉角，他遇見最近才剛和車馬棧裡那個怪客的女房東結婚的賀爾先生。賀爾目前的工作是在偶爾有人需要時，駕駛宜賓的交通工具前往悉德橋交會站，這會兒正在回程途中，迎著他而來。依他趕車的樣子看來，賀爾顯然是在悉德橋「休息一下」過了。「好嗎，泰迪？」他招呼一聲，打韓福瑞先生身邊通過。

「你家有個怪人！」泰迪說。

賀爾和善地勒住馬車，問：「怎麼回事？」

「有個怪里怪氣的客人在車馬棧投宿。」泰迪說：「我的天！」

接著他對賀爾活靈活現地描述那醜怪的房客一番。「看起來有點像偽裝，不是嗎？倘若我讓某個人在我的地方投宿，一定會想著看看那人的臉。」韓福瑞先生說：「但女人就是太信任別人了——在陌生人方面。他住進你們的房間，賀爾，卻連個名字也沒給。」

「你不是說眞的吧！」領悟力遲頓的賀爾回應。

「是眞的。」泰迪說：「一個星期。不管他是什麼身分，這一整個星期之內你不可能擺脫得掉他。他自己說的，他有一大堆行李明天要送來。但願那些箱子裡裝的不是石頭，賀爾。」

他告訴賀爾，他在哈斯丁斯的姨媽曾經如何被一個陌生人用空皮箱騙了。總之，賀爾被他的繪形繪影說得隱約起了疑心。

「快啊，老妹子！」賀爾吆喝馬匹：「看來我得好好過問此事了。」

泰迪心頭如釋重負地繼續踏雪而行。

然而，賀爾回到家後不但沒能「好好過問這件事」，反而因為在悉達橋逗留太久而遭到老婆嚴厲的叱責。至於他低聲下氣的詢問，得到的則只是一陣粗暴、而且風馬牛不相及的回答。但儘管遇到這些挫折，泰迪懷疑的種子已經在賀爾先生的心中生根發芽。「妳們女人什麼也不懂。」賀爾先生說著，下定決心要盡早趁機多探清些那名房客的底細。等到晚上九點半怪客上床之後，賀爾先生極盡挑釁之能地進入客房，認眞萬分地細看妻子的擺設，以求證明怪客並非那裡的主宰，同時略帶鄙夷地密切檢查一張怪客留下的計算紙。到了就寢之前，他又指示賀爾太太，等明天房客的行李運到時，務必非常仔細地查看一番。

「你管好你自己的事，賀爾！」賀爾太太說：「我的事我自己會注意。」

她之所以這麼喜歡駁叱賀爾先生，正因爲那個房客無疑是個怪異無比的陌生人，而她自己心裡對他完全無從產生信心。夜半三更，她夢見一顆顆像蘿蔔似的大白頭，豎在一長排數也數不完的脖子尾端對她窮追不捨，上面還長著一對對巨大的黑眼睛，嚇得她驚醒過來。但身爲一名理性的婦人，她克服自己內心的恐懼，翻個身便再度入眠。

第三章・無數只瓶瓶罐罐

因此，就在二月二十九日，冰雪剛剛開始融解時，這怪異人士萬分不自在地進入宜賓村。翌日他的行李通過滿地雪泥送達——非常惹眼的行李。事實上，這其中包括一般合情合理的男子大概都會需要的兩只大衣箱；但除此之外，行李中還有一箱書本——又大又厚、甚至有些只是以一種令人難以領悟的筆跡手寫的本子——以及數十個盒子、匣子、板條箱，裡頭裝著好些用麥稈包裹的物品。賀爾先生心血來潮，好奇地挖挖麥稈；感覺上像是——一些玻璃瓶。

正當賀爾聊完一、兩句閒話，預備幫忙把行李搬進屋裡，怪客也裹上一身大衣、帽子、手套和便袍，迫不及待地出來迎接費倫賽德的貨馬車，全沒注意到有條狗在賀爾腳邊，帶著三分鑑賞、七分懷疑的味道嗅來嗅去。

「快把那些箱子搬進來！」他說：「我等了好久啦！」隨即衝下臺階，奔向車尾，看似要將雙手擱到一個較小的板條箱上。

然而，費倫賽德的狗一見到他便開始豎起毛，凶狠地唁信狂吠；等他衝下臺階，更是遲疑地踴身一躍，隨後立即直撲他的手。

「啊！」賀爾驚叫一聲，忙往後跳。因爲遇到狗，他是半點勇氣也沒有。費倫賽德則是高聲大吼：「趴下！」同時迅速抓起鞭子。

他們看見那隻狗的牙自怪客手上滑開，耳聞一聲腳踢聲，瞧見那條狗擰身一跳，落在怪客大腿上，聽到長褲撕裂聲。費倫賽德立即揮動長鞭，尖尖細細的鞭稍抽打在狗的身上。那條狗驚慌喪膽地哀哀尖叫著，縮到車輪下。

這一切，全是不到半分鐘之內的事。沒人說話，人人在大吼大叫。怪客匆匆瞄一眼被扯破的手套、瞥一瞥大腿，箭步衝上臺階，奔入客棧。他們聽見他運步如飛地衝過走廊，跑上舖著氈子的樓梯，直奔他的臥室。

「你這畜牲，你！」費倫賽德手執長鞭，爬下馬車。那條狗躲在車輪後面偷眼觀著他。「出來！」費倫賽德喊著——「你最好出來。」

賀爾始終張著嘴，呆站在一旁。「他被咬到了！」他說：「我最好進去瞧瞧。」說著快步追著怪客的背影進屋，在走廊上碰到賀爾太太。

「車夫的狗，」他說：「咬了他。」

他直奔樓上。怪客的房門正半開半掩。賀爾同情之心油然而生，既沒敲門，也沒打聲招呼，推開房門，逕往裡走。

窗帘已經放下，房間裡頭昏昏暗暗的。賀爾瞥見一件最奇異非凡的東西——一隻像沒有手的臂膀對著他揮舞，還有一張恰似淡色系三色堇一般，白色爲底，上綴三個大色斑的臉龐。緊接著，他的胸膛馬上結結實實挨了一下，身體猛往後縮，房門當面砰然關閉，鎖上。這一連串動作全在瞬間完成，使他根本無暇細看。某些難以辨識的形體的一陣晃動，一記打擊，一個震動。

賀爾站在黑暗的梯頂小走廊上，納悶剛剛眼底見著的會是什麼東西？

兩、三分鐘後，他回到車馬棧門外。那裡已經聚集了一小群人。費倫賽德正針對整個事件的始末進行第二次複述；賀爾太太嘴裡數落他的狗無權咬她的客人；馬路那頭來的雜貨商人赫克斯特滿頭霧水；鐵匠舖的山第．威傑斯一派法官架勢；另外還有好些婦人和孩童——大夥兒全在七嘴八舌地說：「喂，叫牠別咬我。」「不應該養那種狗。」「牠爲什麼咬人？」等等諸如此類的蠢話。

賀爾先生站在臺階上盯著大家，豎著耳朵聽大家你一句、我一句地說個沒完，難以相信自己剛剛在樓上親眼目睹了什麼了不得的事。再說，他懂得的字彙十分有限，根本不足以表達自己的概念。

「他說，他不要人幫忙。」他回答妻子的詢問，「我們最好把他的行李搬進去。」

「他那傷口應該馬上燒灼；」赫克斯特先生說：「尤其是萬一發炎的話。」

「我可以幫他打針；我會的。」人群中有位女士說。

突然間，狗又開始狂吠起來。

「快啊！」有個憤怒的聲音在門廊大吼。全身包裹的怪客站在那兒，衣領上翻，帽沿向下壓低。「你們越快把那些東西搬進來我越開心。」根據某個不具名的旁觀者陳述，他的長褲和手套都已換過了。

「你受傷了沒，先生？」費倫賽德說：「我非常非常抱歉這隻狗——」

「沒有，沒有！」怪客回答：「連皮都沒破。快快搬那些東西。」

接著他便堅稱那是他自己的錯——賀爾先生聲明。

依據他的指示，第一個板條箱立即被抬入客房。怪客急切萬分地衝到箱子旁，馬上動手拆封，完全無視於賀爾太太的地毯上撒了滿地的草稈。接著他開始從箱中取出琳瑯滿目的瓶子——

裝著粉末的小寬瓶，裝著白色和彩色液體的瘦長小瓶子，貼著毒藥標籤，刻有凹痕的藍瓶子，圓身細頸的瓶子，大大的綠玻璃瓶，大大的白玻璃瓶，有著綠瓶塞和磨砂標籤的瓶子，塞著木頭瓶蓋的瓶子、酒瓶、沙拉油瓶——把他們一排排地擺在梳妝鏡櫃上、壁爐架上、窗口下的桌子上、地板四周、書架上——到處擺放。荊棘林地方上的藥舖也無法誇口擁有這裡一半多的瓶子。多讓人驚歎的畫面啊！一箱又一箱塞滿乾草的板條箱；從這些箱子裡取出來的除了瓶瓶罐罐，就是一大堆試管，還有一架小心翼翼包裹的天平。

這些板條箱裡的東西全部取出來以後，怪客立刻走到窗口著手工作，絲毫也不擔心散落滿地的草稈、已經熄滅的爐火、擱在外頭的那箱書籍，還有搬上樓來了的大衣箱和其他行李。

等到賀爾太太將他的午餐送進房裡來時，他已全神貫注於自己的工作，正從那些瓶瓶罐罐裡倒出一小滴、一小滴液體，滴入試管內。因此，直到她撥開大量草稈，故意帶著幾分引人注意的姿態（或許；在看到那滿地凌亂之後），把餐盤放在桌上，他這才聽到她進來的聲響。他偏過頭來一看，馬上又將臉別開。但她注意到他已摘下眼鏡，就放在他旁邊的桌子上。在她眼中看來，他的眼眶好像特別空洞。他戴上眼鏡，再度扭頭面對她。她正要抱怨搞得滿地都是草稈，他已先發制人。

「我希望妳不要不敲門就進來。」他以一派彷彿他所特有的異常激憤的口吻說。

「我敲了!可是好像——」

「也許妳是敲了。但在我的研究中——我眞的非常急迫而且必要的研究——最輕微的干擾，房門的旋轉聲——我必須要求你——」

「這是當然，先生。你知道，要是你想要的話，可以把門鎖上——隨時。」

「很棒的主意。」怪客說。

「這些草稈，先生，是不是可以聽我斗膽說——」

「不!要是這些草稈給妳惹麻煩的話，把它記到帳單上。」說著他喃喃對她嘀咕——一些疑似咒罵的話。

這人是那麼怪異;站在那兒，一手拿著瓶子，一手拿著試管，態度充滿了挑釁和火藥味。賀爾太太不由得心生焦慮、驚慌。但她是一個堅決的婦人。「關於這個，我想知道，先生，你認爲——」

「一先令!記一先令的費用。一先令想必夠吧?」

「夠了。」賀爾太太說著拿起餐巾，開始將它鋪在桌上:「只要你滿意，當然——」

他轉身，衣領對著她坐下。

整個下午他都鎖著門工作；同時，據賀爾太太宣稱，大部分時間都靜悄悄的。但這中間，房裡曾傳出一陣撞擊和瓶罐齊響之聲，聽起來好像是桌子挨撞，一只瓶子猛烈摔下，砸得粉碎的聲音，接著又是一陣橫貫房間的急促踱步聲。她擔心「出了什麼事情」，跑到門口，不想敲門，豎著耳朵聽。

「我不能繼續下去，」他正瘋狂般地叫嚷：「我不能繼續下去。三十萬，四十萬！天文數字！欺騙！請不要耗掉我一輩子！耐心！耐心，真是的！傻瓜，騙子！」

酒吧間裡響起靴釘敲在磚地上的聲音，賀爾太太只得悻悻然拋開他剩下的獨白過去瞧瞧。等她回來時，除了他的椅子發出一連劈啪劈啪的輕響，和偶爾傳出的某只瓶子的清脆聲音，房間裡面安安靜靜。一切結束，怪客又已恢復工作了。

端茶進去時，她看見房間一隅的凹鏡下有些碎玻璃，還有一灘已經草草擦拭過的金色污漬。她要求對方注意。

「記在帳上。」房客乾脆俐落地說：「看在老天爺份上，別煩我。如有造成什麼損失，記在帳上就是。」說著繼續在擺在面前那本筆記簿裡的一個表格上做記號。

「我要告訴你一件事。」當天下午接近黃昏時，費倫賽德神祕兮兮地說。地點是在宜賓林郊的啤酒舖。

「哦？」泰迪．韓福瑞應道。

「你說的那個傢伙，就是被我的狗咬了的那個。唔——他是黑人。至少，他的腿是黑的。我從他長褲的裂縫和手套的破洞看到的。你大概料想會看到類似淡紅的顏色，對吧？唔——完全不是；純是黑的。我告訴你，他和我的帽子一樣黑。」

「媽呀！」韓福瑞驚呼：「眞是咄咄怪事。咦，他的鼻子嫩紅得就像顏料一樣哩！」

「那倒是眞的，」費倫賽德表示：「我知道。告訴你我是怎麼想的。那人是雜色的，泰迪。這裡白，那裡黑——一片一片兒的。他因此感到難爲情。他是個混血兒，卻沒有產生混合的膚色，而是一塊一塊的。我以前聽過這種事。人人都可以看到，這在馬匹身上很普遍。」

第四章・卡斯先生會見怪客

我已羅縷盡述過怪客抵達宜賓的每一項細節，以便讀者能夠瞭解他所製造出來的古怪印象。但除了一樁奇異的偶發事件外，直到那非比尋常的俱樂部節慶日以前，他客居此地的情形大抵都可草草略過。在寄宿紀律方面，他和賀爾太太有過不少小衝突，但一直到四月下旬，囊空金盡的初期徵兆開始顯現以前，他始終都能輕輕鬆鬆地以額外付費的權宜之計打發她。賀爾並不喜歡他，只要一有那個膽子，總要提起趕走怪客的可行之道；不過主要地，他還是誇張地掩飾內心的厭惡、且盡可能躲避他的房客，來表達自己對他的憎厭。「等到夏天；」賀爾太太明智地表示：「等到那時，藝術家們開始來到，咱們再看看。他或許有點作威作福；但隨你愛怎麼說，有錢能使鬼推磨，這是不爭的事實。」

怪客不上教堂。事實上，他的禮拜天過得和平常不敬神的日子沒兩樣，就連穿著打扮也一模一樣。賀爾太太認為，他的工作情形相當變化不定。有些日子他七早八早就下來，不斷忙東忙西。有些日子又遲遲才起床，留在自己房裡踱方步，連著好幾個小時心浮氣躁、抽菸、坐在壁爐旁的椅上睡覺。他從不曾跟這個村子以外的世界有過聯繫。他的脾氣一直很不穩定；大半時候總是一副承受著幾乎無法忍受的激怒的樣子，還有一、兩次在突如其來的劇烈狂熱中折斷、撕毀、搗碎，或打破物品。他似乎處在極度的長期憤怒下。他漸漸養成低聲自言自語的習慣；儘管賀爾太太小心仔細地注意聽他所說的內容，也摸不清楚那些話的意思。

白天他難得外出；但等到日暮時分，不管天氣冷不冷，他必定全身裹得嚴嚴密密地出門，選擇人煙最少的小徑，和被樹木或堤岸遮得最暗的地方散步。他那遮在帽沿底下的護目鏡和包得像鬼一般的臉，曾在昏暗中出其不意地撞上一、兩名正要回家的工人。而某天晚上九點半，泰迪・韓福瑞跟跟鎗鎗地走出紅外套時，也因為小酒館的門打開後，突來的光線照在怪客那骷髏似的腦袋上（他把帽子拿在手中散步）而被嚇得屁滾尿流。黃昏時候看見他的孩子必定夢見鬼怪。至於是他討厭男孩勝過男孩討厭他，或是相反，誰也無法確定——不過他們雙方互相厭惡對方卻是一定的。

當然，像他這樣一個外表和舉止態度都極為惹眼的人，在宜賓這樣的小村子裡難免會成為不時被拿來討論的話題。關於他的職業，大家看法相當分歧。賀爾太太對這一點很是敏感。每當有人質疑，她都謹愼萬分地說明他是個「實驗研究者」，咬音用字如臨深淵、如履薄冰，好像是個害怕掉入陷阱的人。若是有人問到他是哪種實驗研究者，她又會像個學富五車、無所不知的人似的，帶著點兒優越感，解釋說他是個「發明東西」的人。她說，她的房客出了點意外，使得他的臉、手暫時變了色；而由於生性敏感，他不願公然被任何人注意到這個事實。

在她聽不見的範圍裡，有個說法盛傳他是名逃避法律制裁的罪犯，藉著把全身上下裹得密不透風，好讓自己完全躲開警察的視線。這個想法是從泰迪．韓福瑞先生腦海裡無端迸出來的。自從二月中旬或二月底以來，並不曾聽說有什麼重大的罪案發生。而在國立學院的實驗助理古德先生想像中，則精心編織出一套理論，認爲怪客是名喬裝改扮的無政府主義者，正在準備炸藥；而他決心只要自己時間容許，就要盡可能從事偵察作業。這些工作主要包括每次只要遇見對方就仔仔細細打量他，或者要求一些從未見過怪客的人，導引出某些有關他的問題。不過，他什麼也沒偵察到。

另一派看法以費倫賽德先生爲首，若非接受混種的觀點，就是認爲怪客經過突變。比方說，就像西拉斯．德爾根；據他聲稱：「要是他選擇在市集公開自我展示，鐵定馬上賺大錢。」同時略涉神學的他，還把怪客與天賦異稟的人拿來相提並論。然而，另外有一種看法是視他爲一個無害的個體，以解釋整個事件；它的好處是可以很方便地直接說明所有的事情。

在這幾個主要集團間，還有些意見搖擺於各種看法之間以及折衷派的人。薩西克斯人❶少有迷信。直到四月初的幾樁事件發生以後，有關超自然的想法才開始在村子裡耳語流傳。即使到這時候，也只有婦女之間才相信這類可能性。

但不管他們認爲他是什麼，宜賓人全都同樣不喜歡他。他的暴躁易怒對於一個慣居都市的勞心工作者而言或許可以理解，但在這些平靜度日的薩西克斯村民眼中卻是件讓人驚異的事。不時讓大家大吃一驚的瘋狂姿態，日暮之後每每使他在街角與他們匆忙錯身而過的急促步伐，對於所有好奇的試探性示好一概冷冷恫嚇的態度，導致他鎮日關著門，拉下窗帘，熄滅蠟燭、燈火等等喜愛晦暗的習性——誰能同意這一切行爲舉止？當他行經村裡時，人人走避一旁。等他通過時，幾個詼諧善謔的年輕人又會模仿他那遮遮掩掩的姿態，翻起大衣衣領、壓下帽沿，跟在後頭，邁著緊張兮兮的步伐前進。那段期間，有首叫作《鬼怪》的歌曲相當流行；史泰契爾小姐在教室音樂會中唱出這首歌（藉教會的燈光之助），從此以後，只要有一、兩個村民湊在一起看到怪客出

❶ Sussex：英格蘭海岸之一郡。

現，就會有人多多少少升個半音、或降個音符地吹起這支曲子當中的一小段。另外，有些天黑後還不回家的小孩也會追著他大喊「鬼怪！」然後得意洋洋地拔腿跑開。

全科醫生卡斯深受好奇心啃噬。滿頭的繃帶激起他職業上的興趣，無數只瓶瓶罐罐的傳聞喚起他審慎的關注。整個四月和五月，他都在癡心妄想能夠找個和那怪客交談的機會。終於，到了將近聖神降臨週時❷，他再也受不了了，卻突然想到以僱用鄉村護士爲藉口編造贊助名冊的主意。他驚訝地發現賀爾先生並不知道那個房客的姓名。

「他說了個名字，」賀爾太太表示——一個無憑無據的聲明——「不過我沒聽清楚。」她認爲不知道客人的名字似乎太可笑了。

卡斯敲敲客房房門，走進去。室內傳出清晰可聞的咀咒聲。「抱歉，打擾了！」卡斯說。房門應聲關閉。賀爾太太被擋在門外，聽不到底下的談話內容。

接下來的十分鐘裡，她可以聽到含糊不清的人聲、一聲驚呼、一陣紛亂的腳步、一把椅子被扔到一旁、一陣爆笑、急促走到門口的腳步聲，緊接著卡斯先生出現了。他的臉色慘白，兩眼空

---

❷復活節後的第七個禮拜日爲神聖降臨節，由該日起之一週（尤指該週的前三日）爲神聖降臨週。

茫地望著身後。他聽任門開者，看也沒看她一眼，大步穿過門廳，走下臺階，然後她便聽到他的腳步沿著馬路匆匆離去，手中還揣著他的帽子。她站在門後，注視打開的客房房門。隨後她聽到怪客平靜的笑聲，接著他的腳步穿過房間而來。從她站立的地方看不到他的臉。房門砰然關上，附近又是一片寂靜。

卡斯直接上村子裡去找教區牧師邦廷。「我瘋了嗎？」卡斯一踏進簡陋的小書房就猛不迭地問；「我看起來是不是像個瘋子？」

「出了什麼事？」牧師將菊花石放在為了講道準備的散置稿紙上。

「客棧裡那個傢伙——」

「哦？」

「給我一點兒喝的。」卡斯說著坐了下來。

在以一杯廉價的雪利酒——那好牧師身邊唯一現成的飲料——鎮靜他的神經之後，他把剛剛那次會晤的情形說給牧師聽。「進門，」他喘著氣說：「然後開口要求為那個護士基金樂捐。我進去時他兩手插在口袋裡，縮成一團，坐在他的椅子上，吸吸鼻子。我告訴他，我聽說他對科學方面的東西很有興趣。他說是；又吸吸鼻子，從頭到尾一直在吸鼻子——顯然是近來感染了討厭的傷風。難怪全身裹成那個樣子！我將話題扯到護士的事情上，同時始終保持兩眼張開。瓶子——化學藥品——到處都是。天平，架子上的試管，還有一股——月見草的味道。問他是否願意捐助？他說會考慮。開門見山地問他是在做研究嗎？說是。長期研究嗎？變得相當乖戾。『夠他媽的長的研究。』他激動地說。『噢。』我應了一聲。慘況來啦！那人情緒正沸騰，而我的問題更是火上加油。有人給他開過處方，一張最有價值的處方——是什麼他不肯說。是藥嗎？『該死！你究竟在打探什麼？』我道歉；威嚴地吸吸鼻子、咳嗽兩聲。他恢復原先之事。他唸了唸。五種成分，將它放下；扭過頭去。一絲從窗口吹入的氣流吹起紙張——瑟瑟、窸窣。他正在一個有通風壁爐的房間裡工作，他說。看見一陣火光搖曳，處方著了火，向著煙囪上飄。就在它快竄上煙囪之際，他快速朝它衝去。呼！就那一刻，他的手臂伸出來，說明了他的整個故事。」

「哦？」

「沒有手——只是一條空袖管。天！我認為，那是殘障！我猜想，大概是手臂畸形，截肢了。接著我又想到，那裡頭有些古怪的地方。要是袖子裡什麼都沒有，是什麼使它保持撐開的？我告訴你，那裡面什麼也沒有；關節以下空空如也。我可以從袖口看到手肘的部分，由一道布的裂縫處可以看到一絲微光在閃亮。『老天爺！』我驚呼。他停止動作，透過他那藍色護目鏡對著我望，然後瞅著他的袖子。」

「哦？」

「沒啦！他一個字也沒說，只是瞪著眼鏡，迅速把袖子插回口袋。『我正說到，』他說：『處方著火了，不是嗎？』質疑地咳兩聲。『你究竟怎麼辦到的，』我問：『能夠那樣運動空袖子？』『空袖子？』『正是，』我說：『一條空袖子。』

「『那是條空袖子，是嗎？你看它是條空袖子？』他立即站起來，我也跟著起立。他慢吞吞地朝我走近三步，逼近我面前，惡狠狠地吸吸鼻子。我沒退縮，只是心裡頭直想著他那顆纏著繃帶的腦袋，和那副遮目鏡無聲無息地直朝著你逼近，難道不足以嚇壞任何人？

「『你說它是條空袖子？』他說。『當然。』這時他又悄悄把袖子從口袋中抽出來，彷彿要向我再度展示似的，對著我舉起手臂。他的動作非常、非常緩慢。我注視著袖管。彷彿有一世紀之久。『唔？』我清清喉嚨：『裡面什麼也沒有。』總得說點什麼。我開始感到驚恐。我可以看到很裡面。他把袖子筆直對準我伸長，慢慢，慢慢地——就像那樣——直到袖口距離我的臉只有六吋。目睹一隻空邋遢的袖管像那樣對著你過來眞是件古里古怪的事！然後——

「有樣東西——感覺就像一隻手指和拇指——捏捏我的鼻子。」

邦廷牧師破口大笑。

「那兒什麼東西也沒有！」卡斯說到「那兒」兩個字時，聲音陡然像尖叫似的拔高，「你是可以痛快地大笑，但我告訴你，我震驚極了！我猛力朝那袖口打了一拳，轉身衝出房間——我把他留在——」

卡斯住口不語。他的驚惶毫無疑問是發自肺腑。他無助地轉身，再飲一杯那好好牧師的劣質雪利酒。「當我擊中袖口時，」卡斯說：「告訴你，感覺就像打在手臂上一模一樣。然而根本就沒有手臂！根本就完全沒有手臂呀！」

邦廷先生仔細考慮過卡斯的話後，懷疑地注視著他。「這是個最不平常的故事！」他的神情看起來眞的非常睿智而嚴肅。「眞的，」邦廷先生明斷地強調：「最不平常的故事！」

第五章・牧師宅竊盜案

牧師宅的夜盜案詳情主要是經由牧師和他妻子的聲揚傳到我們耳中。事情發生在聖神降臨節次日——那個全宜賓村民都在忙著祝聖俱樂部節慶的日子——當中短短幾個小時內。

好像是，邦廷太太在黎明的寂靜中，突然強烈感受到他們的臥房門被打開後又關上，因而清醒過來。起初她並沒有叫醒她的先生，只是坐在床上豎耳細聽。這時她清清楚楚聽到「啪答，啪答！」的赤腳走路聲穿出相連的化妝室，沿著走廊走向樓梯間。

她一感到確定之後，立刻盡可能鎮靜地喚醒牧師邦廷先生。他沒點燈，不過卻戴上他的眼鏡，披上晨褸，趿著自己的拖鞋，走到樓梯頂的走廊上去細聽。他明明白白聽到樓下書房的書桌上有摸索的聲音，然後是一聲用力吸鼻子的聲響。

然後他返回臥室，拿起最明顯的武器——撥火棒——以備不時之需，盡可能無聲無息地走下樓梯間。邦廷太太也來到了梯頂。

時間是四點左右，夜晚的黑暗大半已經逝去。山丘上有著一絲微弱的光芒，但書房的門廊依舊黑得伸手不見五指。除了樓梯在邦廷先生的踩踏下發出微弱的吱軋聲，還有書房輕微的動靜，四周一片闃寂。某樣東西發出脆快的聲響，抽屜被打開，然後是紙張沙沙作響。緊接著是一聲咀咒，有人擦亮一根火柴，書房裡盈溢著暈黃的光線。

這時邦廷先生人在門口走廊上，他可以從門縫裡看到書桌和被打開的抽屜，以及一支在書桌上燃燒的蠟燭。但他看不到盜賊。他站在門廊上，猶豫著不知該採取什麼行動好；而邦廷太太則臉色慘白、神情專注地跟隨他緩緩爬下樓梯。

有件事情使得邦廷先生能夠保持住勇氣：相信這盜賊是村中居民的信念。

他們聽到叮叮噹噹的錢幣聲，明白盜賊已發現家中儲存的金錢——半金鎊的錢幣共計兩鎊半。那聲音刺激邦廷先生莽撞行動；他牢牢抓緊撥火棒衝進書房。邦廷太太緊緊追隨其後。

「投降！」邦廷先生凶猛地大叫，但隨即愕然噤口。房間裡面顯然空無一人。

然而，就在那一刻，原本已經深信聽到屋裡有人在行動的他們更加確定無疑了。他倆目瞪口呆地呆立半分鐘左右，然後邦廷太太走到房間另一頭，看看屏風後方，而邦廷先生也在類似的衝動下往書桌底下細看。接著邦廷太太回頭檢視窗帘，邦廷先生則仰望煙囪，拿起撥火棒戳了戳。

隨後邦廷太太詳細檢查垃圾桶，邦廷先生打開煤筐的蓋子。而後兩人停止一切動作，互相交換詢問的目光。「我發誓——」邦廷太太率先開口。

「那支蠟燭！」邦廷先生說：「蠟燭是誰點的？」

「抽屜！」邦廷太太嚷著：「還有錢也不見了！」

她快步走到門口。「太不可思議了——」

走廊上有猛吸鼻子的聲音。他們衝出書房。在這同時，廚房的門砰然關上。

「拿蠟燭。」邦廷先生吩咐一聲，帶頭先走。他倆都聽到門閂被匆忙拔開的聲音。

他打開廚房門，同時望見通過貯存室那頭的廚房後門被打開，淡淡的曙色隱約照出外面花園裡頭一簇簇昏暗的輪廓。他確信沒有任何東西從後門出去。門一直敞開著約莫一分鐘左右，然後又砰然關閉。就在這同時，邦廷太太從書房捧來的蠟燭也明滅不定，隨後又一熾。他倆楞了一下，走進廚房。廚房裡面空空如也。兩人趕緊又關牢後門，仔仔細細徹底檢查廚房、碗櫃、貯存室，最後走下地窖。夫婦倆把整棟房屋搜尋遍了，還是不見半個人影。

天亮之後，牧師和他的太太這對服裝不整的小夫妻依舊捧著滴淚的蠟燭，就著多餘的燭光，驚異地在自宅裡四處張望。

第六章・著了魔的家具

聖神降臨節隔天一大清早，蜜莉還沒被挖起來工作前，賀爾先生和賀爾太太雙雙起床，安靜無聲地走下地窖。他們在那兒有件秘密性質、而且與他們的啤酒關係重大的正事要辦。兩人就快進入地窖之際，賀爾太太猛然發現她忘了從他們相連的房間帶瓶沙士下來。由於在這件事情上她是專家，也是主要操作者，理所當然是由賀爾上樓去拿。

走到樓梯頂，他驚訝地發現怪客的房門居然開了一條縫。他繼續走到自己的房間，找到太太派他來拿的飲料。

但等他拿著那瓶沙士往回走時，卻注意到大門的門閂已被拔開，可見那門實際上只是拴著、並未上鎖。他腦中靈光一閃，把這情形和樓上怪客的房間，以及泰迪・韓福瑞先生的種種臆測聯想在一起。他清清楚楚記得昨夜賀爾太太拴上這門閂時，自己拿著蠟燭在一旁照著。想到這一幕，他張著嘴愣在原地，隨即照舊拿著那只瓶子重回樓上。他敲敲怪客的房門。沒人應門。他再敲一遍；然後推開房門走進去。

一如他所預期，床上、房裡都是空空的；而更奇怪的是（即使是他這麼遲鈍的人也感覺得出來），房客的服裝——就他所知僅有的一套——和繃帶全都七零八落地丟在臥室椅子和床頭欄杆上，就連那頂帽沿奇大的帽子也氣派地挺立在床柱上頭。

賀爾站在怪客房裡，聽到妻子的聲音從地窖深處傳來。一句急促精簡的短句，外加陡然拔高語調的尾音，正是西薩西克斯人習慣用來暗示焦躁不耐的方式：「喬治！你拿到了沒？」

他一聽，趕緊轉身跑下樓去找她。

「珍妮，」他從地窖階梯的欄杆邊探身對她說：「韓福瑞說的是實話！他不在我們房間裡，而且大門沒拴。」

賀爾太太起初不明白他在說什麼，等到一會意過來，馬上決定親自去瞧瞧那個空房間。賀爾一馬當先，手中依舊拿著那只瓶子。「就算回來了，不穿衣服，他幹什麼去啦？這眞是最古怪的事情了。」

他倆剛走到地窖階梯頂上，兩人（事後確定）都感覺好像聽到大門被打開又關閉的聲音，卻只看見門關得好好的，也沒有任何東西在那兒。當時兩人對這件事都沒有互相告訴對方什麼。賀爾太太在走廊上擠過丈夫身邊搶到前頭，率先跑上樓。有人在樓梯間打噴嚏，而領先在前的她則感覺是賀爾打噴嚏。她推開門，站在那兒打量整個房間。「眞是古怪極了！」她說。

她聽到彷彿就在腦袋後方有個吸鼻子的聲音，扭過頭去，卻驚訝地望見賀爾人遠在十餘呎外的樓梯頂端。但不一會兒，他就來到她身旁。她彎下腰，把手擱在枕頭上，接著又伸到床罩下。

「冷的。」她說：「他一定至少起床一個小時了。」

正當她如此表示時，一件最離奇的事情發生了——被單、床罩……自動聚攏，一躍而成山峰狀，然後急促地猛力躍過床尾欄杆，就像有隻手從正中央一把抓住它們，把它們扔到旁邊去似的。不一會兒，帽子就跳離床柱，在空中盤旋飛繞一個多圈子，然後直撞賀爾太太的臉。緊接著，盥洗臺上的海綿也同樣快速飛來，而後是椅子，草草地把怪客的大衣、長褲甩到一旁，伴著一陣酷似怪客本人那獨一無二的冷淡笑聲，自動四腳朝天地翻轉過來，剎那間對準賀爾太太直衝過來。她高聲尖叫，轉過身去。椅腳和緩但穩固地貼到她的背上，把她和賀爾逼出房間。房門砰地一聲猛力關閉並鎖住。椅子和床彷彿跳了一下勝利之舞，隨後一切又猝然歸於寂靜。

樓梯頂上，賀爾太太倒在賀爾先生懷裡，整個人幾乎昏了過去。被她的驚叫聲吵醒的蜜莉和賀爾先生兩人費盡九牛二虎之力，才合力把她弄到樓下，並施以在這類情況下慣常使用的恢復清醒步驟。

「是妖精！」賀爾太太說：「我知道——一定是妖精。我在報紙上看過的。桌子和椅子又舞又跳——」

「再喝一口，珍妮！」賀爾說：「它會讓妳鎮定下來。」

「把他鎖在屋外，」賀爾太太說：「別讓他再進來。我早就猜著七、八分——我早該知道了。瞧他那雙戴著護目鏡的眼睛和纏著繃帶的頭，而且禮拜天從不上教堂。還有那些瓶子——任何人都不該擁有那麼多。他把妖精放進家具裡——我上好的老家具！那把椅子正是我還是個小姑娘的時候，我那可憐的好媽媽常坐的。噢，沒想到現在它竟然起來對抗我！」

「再喝一口就好，珍妮！」賀爾說：「妳的神志全搞亂了。」

他們派遣蜜莉穿過清晨五點金燦燦的朝陽，到對街去叫醒鐵匠山第．威傑斯先生。代表賀爾先生問候；還有樓上的家具情形嚇人極了！威傑斯先生肯不肯過來一趟？他是個精明人，威傑斯先生，而且足智多謀。他對這件事看得很嚴肅。「聽起來像是魔法！」山第．威傑斯抱持這種看法：「應付像他這種紳士，你們得圓滑些。」

他萬分關切地過來了。他們希望他帶隊上樓到那個房間去，但他似乎極不願意。他寧願在走廊上談。

赫克斯特的學徒從路那頭走來，並動手取下菸草櫥窗的遮板。他是被叫過來參加討論的。赫克斯特先生自然也在幾分鐘後過來。盎格魯撒克遜人在議會政治方面的民族特性這時充分表露無遺；大家討論了一大堆，就是沒有決定性的行動。

「首先咱們得認清事實。」山第・威傑斯先生強調：「咱們得先確定破門而入這種行動絕對是正確的。一扇密閉的門永遠可以撞破然後打開，但門一旦打破了，就再也不可能密閉。」

突然間，樓上那個房間的門神奇萬分地自動打開來。大夥兒詫異地抬頭仰望，只見那怪客全身包裹地走下樓梯，瞪著人的視線在那對大得離譜的藍鏡片掩藏下顯得比往常更空茫。他一直瞪著眼睛，慢條斯理、動作僵硬地走下來；他瞪著眼睛穿過走廊，然後停住。

「看著！」他說。大夥兒的視線循著他那戴著手套的手指方向望去，只見緊依地窖門口有瓶沙士。然後他走進客房，突然、迅速、凶猛地當著他們的面砰然關上房門。

大家面面相覷，直到最後的摔門聲回音平息前都沒人開口。「看來一切都解決啦！」威傑斯先生說，不再提另外那個可行之策。

「我會進去問問這件事；」威傑斯告訴賀爾先生：「我會要求一個解釋。」

女店主之夫經過好一會兒才下定決心採行這個方法。最後，他敲房門，將它推開。剛一開口：「抱歉，我——」

「滾！」怪客吼聲震耳：「把門給我關上。」

於是——那短促的會晤就此終結了。

第七章・揭開怪客真面目

怪客大約在早晨五點半進入車馬棧客房，拉下窗帘，緊閉房門，在裡頭逗留到將近中午。而在賀爾被叱退之後，也沒有半個人有天大的膽子敢接近他了。

那段時間，他想必一口食物也沒吃。他按了三次鈴，第三次按得又兇又持續不停，卻沒個人回應。「他和他的『滾蛋』；眞是！」賀爾太太啐道。沒多久，牧師宅遭竊的片段流言傳來。根據這種種事實，大家終於做成一個極顯然的推斷。在威傑斯協助下，賀爾前去找法官沙克雷佛斯先生，聽取他的忠告。沒人膽敢上樓。他不時猛力東拍西搥，還曾兩度高聲咀咒，一度撕毀紙張，一次猛摔瓶子。

那一小群嚇破了膽卻又好奇的人數逐漸增加。赫克斯特太太過來了；幾個衣著光鮮、身穿黑夾克、紮著紙領帶，盛裝打扮（因爲這是聖神降臨週的第二天）的青年也滿肚子疑問地湊上來。小阿奇・哈克特立於衆人之外，跑到庭院，試圖從窗簾底下偷窺。他什麼也沒看到，卻說得繪形繪影，讓人以爲他看到了什麼似的。於是，很快地，其他宜賓青年紛紛加入他的行列。

這是所有的聖神降臨週週一中最熱鬧的一次，村子裡的街道上擺設了十來個攤位，一座射擊場、鐵舖旁的草地上也停著三部黃色和黑褐色的旅行敞篷車，而一些性情活潑的陌生男女更互相玩起拋椰子的遊戲。男士們穿著藍色運動衫，小姐們則身穿白圍裙，頭戴裝飾大量羽毛、相當時髦的帽子。紫龐的伍狄亞和兼賣一般二手腳踏車的補鞋匠傑格斯先生正橫跨馬路，拉起一條掛滿國旗、國徽和皇室徽章（原先是爲慶祝維多利亞女王即位六十周年紀念發行）的繩子……

而在室內，在刻意營造得昏昏暗暗、只有一線陽光滲入的客房中，怪客——可想而知——餓著肚子，並且擔驚受怕地躲在他那身裹得密密麻麻、熱得難受的衣物裡，戴著深色眼鏡，一會兒對著他的文件沈思默想，一會兒把他那些髒兮兮的小瓶子弄得玎玎璫璫響，偶爾還衝著窗外那群看不到、卻聽得見聲息的小伙子狠狠咒罵上幾句。壁爐旁的牆腳下躺著五、六只被砸碎的瓶子碎片，空氣中也瀰漫著刺鼻的氯氣味。這一切都是由當時聽到的聲音，和後來在房裡看見的情形得知的。

約莫正午時分，他突然打開客房門，站在那兒直瞪著酒吧間裡的三、四個人。「賀爾太太。」他指名。馬上有人怯怯地跑去找賀爾太太前來。

稍停，賀爾太太氣喘吁吁地出現了。但也正因人喘，看起來更顯得凶巴巴的。賀爾還沒回來。她早已爲這種場面愼重考慮過了，這會兒正用一只小碟子拖著一張還未結清的帳單走過來。

「你要的是帳單吧，先生？」她說。

「我的早餐爲什麼沒送來？妳爲什麼不準備我的三餐、應我的鈴？莫非妳以爲我不吃東西可以過日子？」

「我的帳單爲什麼沒人付？」賀爾太太說：「我倒想知道。」

「三天前我就告訴過妳，我在等一筆匯款！」

「兩天前我就告訴你，我可不等什麼匯款。既然我的帳單一等等了五天，就算你的早餐等一下你也不能抱怨，不是嗎？」

怪客短促但卻強烈地咀咒一聲。

「呸！呸！」聲音從吧台傳來。

「要是你把你的咀咒吞進肚子裡，先生，我會非常感謝你，先生。」賀爾太太說。

怪客氣沖沖地站在那兒，看起來更像個凶神惡煞了。酒吧裡的人普遍覺得佔了上風。他的下一句話更顯得他們的感覺沒錯。

「聽著，我的好婦人——」

「別叫我好婦人。」賀爾太太說。

「我告訴過妳，我的匯款還沒到——」

「眞是的，匯款！」賀爾太太不以爲然。

「不過，我敢說我的口袋裡頭——」

「兩天前，你告訴我你身上除了價值一金鎊的銀子，什麼也沒有——」

「呃，我另外又找到一些——」

「啊——哈！」吧台傳來聲音。

「我懷疑你是從哪裡找到的？」賀爾太太說。

她的話似乎惹得怪客十分不悅。他跺跺腳，說：「妳這話是什麼意思？」

「意思是我懷疑你是打哪兒找到那些錢的。」賀爾太太說：「同時在我收下任何鈔票或弄好早餐、甚至做不管是什麼任何這類事情之前，你必須先告訴我一、兩件我不明白、沒有任何人明白，而且人人都相當急於明白的事情。我要知道你對我樓上的椅子動了什麼手腳，還有我要知道你的房間怎麼會空空的，而你又是怎麼再進去的。所有在這裏寄宿的人都是從門口進來的——那是這屋子裏的規矩，而你並沒有這樣做。我要知道的是你是怎麼進來的。還有我要知道——」

怪客猛然揚起戴著手套的手握緊拳頭，跺跺腳，異常凶猛地喝道：「住口！」嚇得她立刻安靜下來。

「妳不曉得我是誰？」他說：「或者我是什麼東西？我會讓妳看個清楚。蒼天為證！我會讓妳看個清楚。」說著他張開手掌蓋住面孔，然後又抽開。他臉部的中央部分變成一個黑洞。「看！」他上前一步，遞給賀爾太太某樣東西！正注視著他那變形臉龐的她不由自主地順手接下。這時，等她看清楚那是什麼東西，便開始高聲尖叫起來，扔掉它，踉蹌後退。鼻子——是怪客的鼻子！紅潤而光澤！在地板上滾動。

接著他摘下眼鏡。酒吧間人人都屏著氣息。他脫下帽子，猛力撕扯鬍髭和繃帶。大夥兒與他對峙不過一下子，驀然一陣恐怖的預期如電光火石般傳遍整個酒吧間。「噢，我的天哪！」有人驚呼一聲，大家紛紛退開。

情況糟透了！賀爾太太驚慌失措，張著嘴巴站在那兒，望著眼前的畫面不斷尖叫，同時奔向房屋大門。人人開始移動。大家預備見到的是傷疤、毀容、確確實實可怕的東西。但沒有！繃帶和假髮越過走廊，凌空飛進酒吧，一個愣頭愣腦的小伙子趕緊跳起來閃避。大夥兒跌跌撞撞地跑向臺階。因爲站在那兒語無倫次、大聲嚷嚷著某些解釋的，是個大衣領子以下紮紮實實、比手畫腳的人物；而領子以上——沒有！根本沒有任何可見的東西！

村子裡的人們聽到吼叫、尖叫聲不絕於耳，朝街上一望，只見車馬棧裡的人爭相沒命似地往外奔逃。大家看見賀爾太太跌倒在地，泰迪·韓福瑞忙往上一跳，免得被她絆倒。接著他們又聽到蜜莉驚駭的尖叫；她在廚房聽到亂烘烘吵成一團的聲音，猛一探頭，卻正好從背後看見那無頭怪客——這一切突告終止！

賣甜點的小販、擲椰子遊戲攤的主人和他的助手、盪鞦韆的人、小男生、小女生、土里土氣的公子哥兒、花俏的少婦、套著罩衫的長者和圍著圍裙的吉普賽人，全都毫不遲疑地擁至街上，拔腿衝向客棧，才一轉眼便聚集大約四十來個人，並持續增加，在賀爾太太家門口揮拳、叫囂、詢問、尖叫或提供建議。陷於崩潰狀態的賀爾太太被人扶起，由一小群人攙扶著。在場群眾議論紛紛，一名吵吵嚷嚷的目擊者並提出令人難以置信的證詞。

「噢，鬼怪！」「那麼，他做了些什麼？」「沒傷害那女孩吧，他？」「我相信，鐵定是拿把刀向人攻擊。」「沒腦袋，眞的。我不是講話不客氣；我指的是那個人沒有頭！」「胡說！那是某種魔術。」「拆掉包裹的東西之後，他眞的——」

在大家爭相從敞開的大門往裡望的過程中，人群自動散成楔形，而以較冒險的尖端部分離客棧最近。「他佇立一下子，我聽到那女孩高聲尖叫，他立即轉過身去。我看見她裙襬急速飄動，而他緊追其後。前後不到十秒。他手持一把刀和一條麵包，站在那兒彷彿瞪著什麼似的。不過就是剛剛而已。進那扇門去了。不騙你們，他根本沒有頭。你們正好錯過——」

後方起了騷動。說話的人住了口退到一旁，好讓一支正以十分堅決的姿態朝客棧前進的小隊伍通過——帶頭的是滿面通紅、神情果斷的賀爾先生，其次爲村子裡的警官巴比．傑佛斯先生，最後是機警的威傑斯先生。此刻他們帶著一紙令狀而來。

群眾七嘴八舌地嚷嚷著剛剛的情況。「不管有頭沒頭，」傑佛斯說：「我必須逮捕他，也必定會逮到他。」

賀爾先生上了臺階，直接走到客房門口，大力推開房門。

「警官，」他說：「執行你的任務吧！」

傑佛斯走進房門，賀爾其次，威傑斯押後。他們在昏暗的光線中看見那無頭人面向他們，一隻戴著手套的手拿著咬過的麵包皮，另一隻手拿著塊乳酪。

「就是他！」賀爾說。

「搞什麼鬼?」一個憤怒的抗議語氣從那人形的領子上方發出。

「你真是個古怪極了的顧客，先生!」傑佛斯先生說：「不過不管有沒有頭，狀子上說的是『人身』，而任務就是任務——」

「別過來!」那人形往後倒退。

他冷不防地匆匆扔下麵包和乳酪。賀爾先生正好及時抓住桌上的刀子，沒讓它落到他手上。怪客脫掉左手手套，刮了傑佛斯一巴掌。傑佛斯立即中斷一段有關拘捕狀的聲明，揪住他那沒有手的手腕，同時扼住他隱形的咽喉。他的脛骨紮紮實實被踢了一下，不由得大叫一聲，卻仍緊抓著對方不放。賀爾將刀一推，讓它沿著桌邊滑向威傑斯。威傑斯表現得活像個嚴守對手攻勢的守門員，等到傑佛斯和怪客搖搖擺擺地晃向他跟前，馬上扭著人就打。一把椅子擋在半路，在他們一同跌倒時乒乒乓乓地摔向一旁。

「抓他的腳。」傑佛斯咬著牙指揮。

奮力遵照指示行動的賀爾先生肋骨被重重踢了一記，使他暫時中斷攻擊。而威傑斯先生目睹那無頭怪客已經滾了個翻壓在傑佛斯身上，趕緊拿著刀子退到門口，以至於和跑來解救法律與秩序的赫克斯特先生及馬車夫西德摩頓撞成一團。在這同時，梳妝鏡櫃上飛下三、四個瓶子，在房裡的空氣中交織散放出一片刺鼻的味道。

「我會投降！」儘管怪客把傑佛斯壓在地板上，他仍大叫一聲，在轉瞬間氣喘吁吁地站起來。好個怪異的身形；無頭、無手——因爲現在他已把右手的手套像左手那樣一併脫下。「這是沒用的。」他的聲音彷彿是在抽著鼻子好吸氣。

聽到那聲音彷彿從某個空空的地方傳出來，眞是世上最怪異的事了。不過薩西克斯的鄉巴佬們大約是太陽底下最實際的人了。傑佛斯也跟著站起來並拿出一副手銬，開始準備銬人。

「噢！」傑佛斯隱約瞭解到整椿事件的不合宜，猛然停止動作：「該死！照我看，根本不能這麼做。」

怪客的手順著身上的背心往下移動，像奇蹟一般，他的空袖管指到之處，釦子一一解開。接著他說了句什麼有關他的脛骨的話，然後蹲下身來，彷彿笨手笨腳地預備去脫鞋襪似的。

「噢！」赫克斯特先生突然驚呼：「那根本不是個人；那只是一身空空的服裝。瞧！你們可以看到他的領子以下和衣物襯裡。我可以把我的手臂放到——」

他伸長了手；他的手彷彿在半空中碰到什麼，趕緊大叫一聲縮回來。「我希望你別讓我看到你的手指頭。」一個夢幻般的聲音以凶狠的口吻告誡：「事實上，我整個人都在這兒：頭、手、腳，還有其他部分，只不過我是隱形的。這的的確確非常討人厭；但我就是這樣。那絕對不成爲我該被所有愚蠢的宜賓土包子千刀萬剮的理由，不是嗎？」

此時那身服裝的衣釦已被全部解開，正鬆垮垮地掛在它那不可見（看不見）的支撐物上，雙臂叉腰站立著。

這時房裡已經又另外進來幾個人，因此顯得有幾分擁擠。「隱形，呃？」赫克斯特先生無視於怪客的辱罵：「有誰聽說過這等事？」

「這或許很怪異，但絕不是罪行；憑什麼我要受一個警察這樣子攻擊？」

「啊！那是兩回事。」傑佛斯說：「毫無疑問，你在這種光線下是有點難以看見，但我手上有令狀，而且這張令狀沒有半點瑕疵。我並非不曉得我在追查什麼——是竊案；有人闖入某棟房子取走金錢。」

「哦？」

「而各種客觀證據明確指向——」

「胡說八道，無稽之談！」隱形人說。

「但願如此，先生；但我奉有命令。」

「好吧！」怪客說：「我會去，我會去；但不上手銬。」

「依法必須這麼做。」傑佛斯表示。

「不上手銬。」怪客堅持以此爲條件。

「抱歉！」傑佛斯回答。

那身形猝然坐下，在大家還來不及明白是怎麼一回事前，拖鞋、襪子、長褲全被踢落到桌子底下了；接著他又一躍而起，甩掉他的外套。

「喂，住手！」傑佛斯猛然領悟究竟出了什麼事。他扯住背心；它掙動著，襯衫從中滑出，留在他手中的是件軟弱下垂的空背心。「抓住他！」傑佛斯大叫：「一旦他把身上的東西全脫光——」

「抓住他！」人人都大叫大嚷，齊向怪客身上唯一可見、不斷擺動的白襯衫撲去。

襯衫袖子凌厲地抽了賀爾先生一記，使得張臂衝來的他停住腳步，退到教堂司事老土茲森身前。不一會兒，那衣服更被高高舉起，迅速振動，就像一件被硬向人頭頂上方推的襯衫似的，在雙臂周遭空蕩蕩地飄搖。傑佛斯扯住它，結果只是爲脫掉襯衫助了一臂之力；他的嘴被破空一拳擊中，迫使他衝動地拔出警棍，結果狠狠敲在泰迪．韓福瑞的頭頂上。

「當心啊！」現場人人都在叫嚷，都在胡抓亂刺，卻什麼也沒命中。「捉住他！關上門！別讓他跑出去啦！我抓到東西了！他在這裡！」

大家鬧烘烘地嚷成一片。感覺上好像每個人都同時被擊中。一向機靈的山第．威傑斯在鼻子被可怕地揮了一拳後，腦筋轉得更快了，趕緊重新打開房門並高聲吼叫。其他人紛紛有樣學樣，一時間全擠在門口邊。攻擊情況持續未斷。唯一神教派信徒菲普斯被打斷一顆門牙，韓福瑞則是耳朵軟骨受傷。傑佛斯下巴挨了揍，打個轉，抓住某樣在混戰中阻隔於他和赫克斯特之間、阻止他倆會合的東西。他摸到一副肌肉結實的胸膛。不一會兒，整團混亂的戰局、激動的人們全衝進擁擠的門廳。

「我逮到他了！」傑佛斯嘶啞地高吼著，搖搖晃晃地穿過所有人群間，紫脹著臉、血脈賁張地對抗他那不可見的敵人。

在這場奇特的衝突迅速捲向大門，並衝下客棧台階五、六級的同時，其他人都被撞得左搖右閃。

傑佛斯發出像被扼住脖子般的叫喊——然而手卻抓得緊緊的，同時用腳去勾對方——急速翻滾，頭對著碎石地面重重摔個倒栽蔥。而他的十指也直到此時才鬆開。

群衆激動地大吼大叫：「抓住他！」「隱形的！」……等等。一個不知名的外地小伙子馬上大步衝過來。他抓到某樣東西，隨即又被掙脫開，整個人反而摔了個大跤，壓到倒臥在地的警官身上。馬路中央一名婦人不知被什麼東西推了一把，失聲尖叫起來；一條狗猛踢猛跳，高聲長嗥，咆哮著衝進赫克斯特家庭院。而隱形人早已通過庭院，不知去向。一時間人們錯愕地站在該地，捶胸頓足、揮拳舞臂，不一而足；繼而一陣恐慌，恰似秋風掃落葉般朝村子裡四散奔去。

只有傑佛斯依舊動也不動，面朝天，雙膝彎曲，躺在原地。

第八章・過路

第八章篇幅奇短，記述的是該地區的業餘博物學家吉賓斯正躺在空曠的草原上，周圍兩哩左右範圍內沒有半個人存在。他獨自沈思，幾乎都快睡著了，忽然聽到附近有人又是咳嗽、又是吸鼻子的聲音，接著又凶巴巴地喃喃咀咒。吉賓斯檯頭仰望，什麼也沒看到。然而那聲音的存在卻是無可置疑的。那聲音繼續以變化多端、包羅萬有的詞彙咒罵不休，顯示出那人必定是個有學識的人。在痛罵聲的音量達到最高處之後，它又漸漸降低下來，並朝著在他感覺中像是亞德汀的方向漸遠漸消逝。一陣間歇的吸鼻子聲音後，所有聲息都告終止。早上發生的種種事件吉賓斯全然一無所悉，但當時的現象是這般顯著而令人心慌，將他平日的寧靜沈穩全驚得無影無蹤；他倉促起身，匆匆奔下陡峭的丘陵，盡速朝村子裡趕去。

第九章・湯瑪斯、馬威爾先生

湯瑪斯．馬威爾先生的外型可做如此描述：富富泰泰的柔順相貌，渾圓突出的鼻子，一張好酒貪杯、整天動個不停的大嘴，和一把像刺蝟般朝四面八方直豎的鬍子。他的體型微胖，短短的四肢促使這種邋向益發明顯；頭上戴的是襯有毛皮的綢帽，常以細繩或鞋帶代替鈕釦，服裝搭配慘不忍睹，一看就曉得是個道道地地的單身漢。

這時候，湯瑪斯．馬威爾先生正把雙腳擱在壕溝裡，坐在距離宜賓大約一哩半外、通往亞德汀的馬路邊，兩隻腳上除了一雙網目大小不一的長襪外啥也沒穿，兩隻大腳趾就像機警的狗兒頭上豎起的那對耳朵般往上翹。他正悠悠閒閒──他做什麼事都是悠悠閒閒──地，他正打算試穿一雙靴子。

這是好久以來他所找到的靴子中最完好的一雙，可是尺寸太大了；話說回來，他在天氣乾燥時所穿的靴子固然舒適些，遇到泥濘的日子卻又嫌靴底太薄。湯瑪斯．馬威爾先生討厭寬寬大大的鞋子，不過他也討厭潮溼。

他從未徹徹底底想清楚自己最討厭的究竟是哪個，而這一天正是個晴朗的日子，再沒有更好的事可做了。因而他把四隻靴子優雅地排列在草地上，然後注視著它們。瞅著四隻點綴在正吐露新芽的龍芽草和青草間的它們，他突然感到那些鞋在他眼中看起來統統太醜了。突然聽到背後響起一個人聲，他竟完全沒被嚇一跳。

「無論如何，那是靴子。」那聲音說。

「是——救濟靴。」湯瑪斯·瑪威爾先生偏著頭，嫌惡地瞅著他們，「我眞的不知道，究竟其中哪一雙是普天之下最醜的。」

「哦！」那聲音漫應。

「我曾經穿過更差的——事實上，我曾經啥也沒穿。但其中沒有一雙醜得這麼離譜——原諒我這麼說。尤其是，我有段時間曾叫賣過鞋子。因爲我對它們厭煩透了。當時，它們是很耐穿。一位平日時常步行的先生穿過的鞋數量多得足以嚇死人。而，請相信我，儘管我是那麼努力，在這附近一帶，除了它們，我什麼也沒賺到。瞧瞧它們！大體上來說，這倒也是個穿靴的好地方。但那只是我偶然碰上的運氣。我的靴子是在十年前左右在這一帶取得的；之後，他們卻如此待你。」

「這是個可惡的地方，」那聲音說：「人是貪婪、無知、遲鈍的人。」

「可不是嗎？」湯瑪斯．馬威爾先生說：「天啊！但這些鞋，唉，比人更糟！」

他扭過頭往右後方望，帶著比較的眼光，想瞧瞧他那對話者所穿的靴子。但，啊！那本該是與他對話者靴子所在的位置，既沒靴子也沒看見人腿。再扭頭向左，一樣沒鞋也沒腿。

他滿面錯愕，東張西望地開口問道：「你在哪裡？」眼中只見一片綿延的空曠草原，遙遙的草原那頭，金雀花叢在風中搖曳。

「莫非我喝醉了？」馬威爾自問：「莫非我產生了幻覺？莫非我是在自言自語？究竟——」

「別慌！」有個聲音說。

「別用腹語跟我說話。」湯瑪斯．馬威爾機警地起立：「你在哪裡？慌；眞是！」

「別慌！」那聲音重申。

「一會兒就該你驚慌了，笨蛋！」湯瑪斯．馬威爾先生說：「你在哪裡？讓我知道你人的位置——」

「你是不是不在了？」隔了半晌，湯瑪斯．馬威爾先生又問。

沒人答腔。湯瑪斯・馬威爾先生光著腳板、驚詫地站著，幾乎脫掉身上的夾克。

「嗶——嗚咿（peewit，即黑頭鷗）！」一隻紅嘴黑頭鷗的啼聲自遠處傳來。

「黑頭鷗，眞是！」湯瑪斯・馬威爾先生悴道：「這不是胡鬧的時候。」東、南、西、北，草原上渺無人跡；馬路伴著兩旁淺淺的溝渠和白色的界樁，空曠而平坦地分奔南、北雙向；而除了那隻黑頭鷗，蔚藍的天空也是空空蕩蕩。

「我對天發誓，」湯瑪斯・馬威爾先生又匆匆披上外套：「是酒的緣故！我早該知道了。」

「不是因爲喝酒；」那聲音說：「你的腦筋一直很清醒。」

「噢！」馬威爾臉上青一塊、白一塊。「是喝酒的緣故；」他的雙唇無聲地張合，視線依舊左右游移，脖子慢慢往後轉，輕聲低訴：「我發誓我眞的聽到一個聲音。」

「你當然是眞的聽到了。」

「又來啦！」馬威爾先生閉上眼睛，悲哀地一拍額頭。突然間，有人揪住他的領子猛力搖晃，把他搖得更加頭昏腦脹了。「別愚蠢啦！」那聲音說。

「我快發瘋——了！」馬威爾先生應道：「沒用的。都是那些該死的鞋子給煩的。我快徹底發瘋啦！要不然就是撞邪了！」

「都不是！」那聲音喝令：「你聽著！」

「笨蛋！」

「只要一分鐘。」那聲音尖銳地叫嚷——在自我克制下微微抖顫。

「哦？」湯瑪斯．馬威爾先生有種奇怪的感覺，彷彿有隻手指在戳自己的胸膛。

「你以爲我只是種幻覺？只是幻覺？」

「不然還會是什麼？」湯瑪斯．馬威爾先生撓撓頸背。

「很好！」那聲音鬆了一口氣，說：「那我就開始拿燧石（矽質巖石，亦稱火石）扔你，扔到你不再這麼認爲爲止。」

「但你在哪裡？」

那聲音不答腔。一顆燧石「嘶！」地憑空飛來，以間不容髮的差距掠過馬威爾先生的肩頭。馬威爾先生轉過身去，看見那顆燧石劃了道奇怪的路線，猛彈向半空，停留一陣子，然後以快得幾乎看不見的速度打在他的腳上。他驚詫得忘了閃避。那顆石子颼颼飛到，先打到裸露的腳趾再彈進溝渠裡。

湯瑪斯．馬威爾先生單腳跳起，高聲哀號。他拔腿就跑，卻被某種看不見的障礙物絆了一跤，栽個跟斗，坐在地上。

「瞧！」第三顆石子呈拋物線狀向上飛，然後停留在流浪漢的頭頂上；同時，那聲音再度響起：「我是個幻覺嗎？」

馬威爾先生一邊準備答話，一邊掙扎著要起身。結果馬上又栽了個跟斗。他動也不動地躺了一下子。

「要是你再做任何掙扎，」那聲音說：「我就拿石子扔你的腦袋。」

「好高明的幻術；」湯瑪斯·馬威爾先生翻身坐起，握著受傷的腳趾，眼睛直盯著第三顆石子武器，「我想不透，石頭自己會飛。石頭說話。下來！爛掉！我投降啦！」

第三顆石子落地。

「很簡單，」那聲音說：「我是個隱形人。」

「告訴我們一些我不知道的事，」馬威爾先生疼痛地喘著氣：「你隱藏在哪裡——怎麼辦到的——我不明白。我輸啦！」

「我是看不見的；」那聲音說：「僅此罷了。我要你瞭解的就是這一點。」

「這人人都看得出來。你用不著那麼不耐煩得要死，先生。現在，給我們一點概念。你是如何藏起來的？」

「我是不可見的；那就是重點所在。而我要你明瞭的也正是——」

「但究竟在何處？」馬威爾先生打斷他的話。

「這裡！在你面前六碼的地方。」

「噢，得了！我又不是瞎子。下一句話你會告訴我，說你只不過是稀薄的空氣。我可不是你認爲的那些什麼無知的流浪漢——」

「不錯，我正是——稀薄的空氣。你現在就是穿透我的身體看東西。」

「什麼！難道你全身上下沒有任何實體？聲音——那叫什麼來著？——嘰哩咕嚕的聲音。是這樣嗎？」

「我是個人——紮紮實實的人，需要食物和飲料，也需要保暖的衣物——只不過我是隱形的。瞭解了嗎？隱形的。很簡單的觀念，隱形的。」

「什麼？眞如你所說？」

「不錯！眞的。」

「倘若你的確是眞的，」馬威爾說：「讓我碰碰你的手。那麼事情就不會顯得那麼離奇得過分了。來吧——天！」他驚呼：「你讓我跳起來啦——你抓得我好緊！」

他用沒被抓住的手指摸到那緊箍在他腰際的手，然後怯怯地順勢往上摸到上臂，再拍拍結實的胸膛，最後摸索到一張蓄著鬍子的臉孔。馬威爾滿臉驚詫。

「我服啦！」他說：「這簡直比鬥雞還厲害！神奇，眞神奇——我可以完全穿透你看到半哩外的一隻兔子！你全身上下沒有一點地方看得到——除了——」

他以凌厲的眼神細細打量顯然空空如也的現場。「你該不會剛吃了些麵包和乳酪吧？」他捉著隱形人的手臂問。

「你說得對極了！那些東西不是很容易被組織消化。」

「啊！」馬威爾先生驚歎：「縱然，有幾分像鬼。」

「當然！這一切根本不如你所想的一半神奇。」

「就我卑微的願望來說，已經夠神奇啦！」湯瑪斯・馬威爾先生說：「你做得多棒哇！是怎麼完成的？」

「說來話長。再說——」

「我告訴你，這整件事情完全超乎我所能想像。」馬威爾先生表示。

「此時此刻我想說的是：我需要幫助。本來我——我是突如其來碰上你的。我正暴跳如雷地到處亂走；全身上下一絲不掛，而且軟弱無助。我差點就丟了性命了。這時我看到你——」

「天哪！」馬威爾先生嚷著。

「我從你背後走來——躊躇徬徨——一路往下走——」

馬威爾先生滿面驚懾。

「——然後停下來。『這，』我暗自尋思：『是個和我本身一樣遭到放逐的人；這正是我要找的人。』於是，我回過頭來求助於你——你。同時——」

「天啊！」馬威爾先生說：「可是我聽得糊里糊塗，根本理不清頭緒。可否請問——究竟是怎麼一回事？又有什麼事會讓你需要向人求助？——隱形人！」

「我請你幫我找些衣服——和遮蔽處——還有，其他需要的東西。我離開他們夠久啦！要是你不肯——算啦！不過你會幫忙的——一定會。」

「喂，你聽著！」馬威爾先生說：「我已經驚愕得目瞪口呆了，別再虐待我啦！放開我！我必須鎮定一下。再說你把我的腳趾頭都快砸斷了。這一切都是那麼不合情理。空空的草原，空空的天，方圓數哩內除了大自然的表面什麼也看不見。忽然一個聲音響起；一個天外飛來的聲音！

還有石頭！還有一顆拳頭！天哪！」

「快鎮定下來；」那聲音說：「因爲你非執行我替你選擇的工作不可。」

馬威爾先生吁口長氣，瞪大雙眼。

「我挑中了你。」那聲音說：「除了那邊少數幾個傻瓜以外，你是唯一知道世上有隱形人這種東西的人。你必須擔任我的助手。幫助我！而後我會幫你的大忙。一個隱形人就等於是個有力量的人。」他頓了一下，猛力吸了吸鼻子。

「但若是你背叛我，」他說：「若是你不照我的指示去做——」

他噤口不語，大力拍拍馬威爾先生的肩膀。

「我並不想背叛你，」馬威爾先生側身從手指的方向徐徐移開。「不管你做什麼，千萬別那麼想。我想做的只是幫助你——只管告訴我，要我做什麼。（天啊！）不管你要我做的是什麼，我都萬分樂意從命。」

第十章・馬威爾先生的宜賓行

那第一陣恐慌的颶風平息以後，宜賓村陷入一片議論聲。懷疑論瞬間抬頭——極端惴惴不安的懷疑論，一點自信也沒有；但無論如何，總是懷疑論。不去相信隱形人這種東西要比相信容易多了；而那些親眼看到他消失在空氣中，或者感受到他手臂力氣的人，終究只是寥寥幾個。而那幾名目擊者當中，威傑斯先生撤退到自家難以攻陷的螺釘、門閂後，躲得不見人影，傑佛斯先生又不省人事地倒在車馬棧的客房裡。偉大而陌生的觀念帶來的抽象體驗，帶給世上男男女女的影響往往不如一些較小、較爲實際的考量。宜賓村裡到處飄揚著鮮艷的旗幟，男女老幼無不盛裝打扮。聖神降臨週週一本是大家期盼了一個多月的日子。到了下午，連那些相信看不見的東西之人，也在料想他已完全遠離此地，懷疑他已成了一個笑柄的情況下，開始嘗試重拾他們小小的娛樂。不過，無論是持懷疑觀點或相信論者，那一整天，大家都顯得無比融洽。

一頂帳棚爲海斯曼家的草坪帶來歡欣氣氛。帳棚裡，邦廷太太和其他幾位女士正忙著準備茶點；而帳棚外，主日學校的孩童們在助理牧師和卡斯小姐、賽克巴特小姐鬧烘烘帶領下賽跑、做遊戲。無疑地，周遭散布著一絲絲不安的氣氛，但大部分的人不管體會到任何幻想中的疑懼，都會產生掩飾的意念。這段期間，村子裡的草地上垂著條繩索，人們可以緊抓住擺盪的把手，由這一頭疾衝向另一頭的一個袋子，相當受到青年男女的歡迎；另外，盪鞦韆和擲椰子也是。此外，大型舞會亦是不可忽視的項目；緊靠在鞦韆架旁那生氣勃勃的陣容，讓空氣中充滿了刺鼻的油味和同樣刺耳的音樂。不少早上上過教堂的俱樂部成員，別著一身光鮮耀眼的粉紅、翠綠徽章，而部分心情愉快的人們也佩上色彩鮮艷的緞帶紀念品，裝飾他們的禮帽。透過佛萊查家窗口的茉莉花叢或敞開的大門（端憑你的選擇），可以看到對度假抱持嚴肅觀念的老佛萊查身手靈巧地踏在一塊用兩張椅子撐著的厚木板上，正在粉刷他家客廳的天花板。

大約四點左右，一名陌生人由草原方向進入村莊。他是個身材矮胖的男子，頭戴一頂異常寒酸的帽子，看起來氣喘吁吁、上氣不接下氣，兩頰一下鼓脹、一下鬆懈。他那青一塊、紅一塊的臉上布滿憂急，帶著悻悻然的意味敏捷行動。他轉上教堂旁的街角，朝著車馬棧方向前進。老佛萊查是少數記得看到他的人之一；事實上，這位老先生當時著實被他那心浮氣躁的樣子跳了一大跳，以致一時疏忽，只顧盯著他看，任憑大量石灰水順著刷子倒流到大衣的袖子上。

依照擲椰子遊戲攤主人的感覺，這陌生人好像一路都在自言自語。哈克斯特先生也有同樣的評語。他停在車馬棧前的臺階下；而，根據哈克斯特先生的說法，此人顯然經過一段激烈的內心掙扎，才終於說服自己踏入屋內。他登上臺階——哈克斯特先生看見——左轉，打開客房門。哈克斯特先生聽見房內傳出人聲，而櫃台後的賀爾忙著向那人告知錯誤：「那個房間是私人的。」對方聽了，手忙腳亂地關了房門，走進酒吧間。

幾分鐘後他又出現了；帶著一股在哈克斯特眼中看似閒適滿足的神氣，用他的手背揩揩嘴巴。哈克斯特先生看見他站在那兒東張西望一陣子，隨後便一副鬼鬼祟祟的古怪模樣，走向院子裡的圍牆門。面對庭院的客房窗戶並沒有關上。陌生人在略經遲疑之後，靠在一根門柱旁，掏出一支短短的陶菸斗準備填菸絲。他邊填菸絲，手指邊顫抖，笨手笨腳地點好火後便雙手抱胸，開始懶洋洋地抽起菸來；同時，在慵懶的態度掩飾下，偶爾飛快地朝院子裡瞄上幾眼。

這一切全是哈克斯特越過菸草鋪的菸草罐上方窺見的。也正因那人的舉止是如此不尋常，促使他繼續維持觀察。

不一會兒，陌生人猝然挺直身軀，將菸斗收進口袋，人也馬上消失在院子裡。至此，哈克斯特先生猜想自己大概是目睹了某樁小竊案，趕緊繞過他的櫃台衝上馬路，以便攔截那名竊賊。就在此時，馬威爾先生再度現身了。他的帽子歪向一側，一手拎著一個用藍色桌巾綁成的大包袱，另一隻手提著——事後證實用的是牧師的吊帶——三本捆在一起的簿本。他一看見哈克斯特先生，登時倒抽一口氣，急急左轉，拔腿就跑。「站住，小偷！」哈克斯特大叫一聲，追趕上去。哈克斯特先生意識鮮明，可惜卻短暫。他看見那人近在自己身前，正以跑百米的速度向教堂轉角和上山的馬路衝刺，又望見前方村子裡旗幟飛揚、熱鬧處處，還有一、兩個人扭頭對他張望。他再度高喊：「站住！」邁開大步追不到十步路，腳踝就被莫名其妙地抓住，人也不再是賣力奔跑，而是以快得不可思議的速度破空飛出。他看見地面倏忽貼近臉龐，天地彷彿激濺成千百萬塊旋轉的光斑，而後續的發展再也不關他的事了。

第十一章・車馬棧內

現在，爲了讓大家清楚地瞭解車馬棧內究竟發生什麼事，有必要讓時間倒流回馬威爾先生初抵哈克斯特先生家窗口的視野內那一刻。

就在那一刻，卡斯先生和邦廷先生兩人都在客房裡，正一絲不苟地研究今早發生的那些怪事，同時取得賀爾先生的允許，徹底檢查隱形人的物品。摔倒在地的傑佛斯情況已經略略好轉，由幾位好心的朋友護送回家。賀爾太太也移開了怪客散落滿地的衣服，將房間收拾得整整齊齊。而卡斯先生幾乎是馬上就在窗前的桌子上——原是怪客工作的地方——看到三大本以手寫的字跡標明「日誌」的本子。

「日誌！」卡斯先生將那三本本子放在桌上。「好啦！無論如何，現在我們可以曉得某些事情了。」

牧師兩手支著桌面，站在一旁。

「日誌！」卡斯先生重覆一聲，坐下來，用其中兩冊撐住第三本，將它翻開，「呃——扉頁上沒署名。可惡！是密碼；以及數碼字。」

牧師湊過來，從他的肩膀上方探頭望。

卡斯帶著一臉突如其來的失望快速翻動書頁。「我——我的天——全是密碼，邦廷。」

「沒有圖表嗎？」邦廷先生問：「沒有任何可以說明眞相的描述——」

「你自己看吧！」卡斯先生說：「部分數學，部分俄文或者類似的語文（按字母判斷），還有部分是希臘文。說到希臘文，我想你——」

「當然，」邦廷先生掏出眼鏡來擦擦，刹那間感到十分侷促——因爲他所記得的希臘文已經少得不値一提了：「對——當然，是希臘文！也許可以提供一點線索。」

「我來幫你找一段出來。」

「我還是先把這三冊全部先流覽一遍的好。」邦廷先生口中說著，手裡仍不斷擦拭鏡片。

「先有個大略的印象，卡斯，然後，喏，我們就可以開始找尋線索了。」

他輕咳兩聲，戴上眼鏡，一絲不苟地扶正，再咳兩聲，心裡直盼著發生點什麼事，好轉移這看似無可避免的眞象大曝光。而後他不慌不忙地接下卡斯遞給他的本子。

這時，眞的有事發生了。

房門突然打開。

兩名紳士猛吃一驚，扭頭一看，在一頂襯毛皮的綢帽下看見一張紅通通的臉龐，頓時鬆了一口氣。「賣酒的嗎？」那紅臉客問完，站在門口盯著人瞧。

「不是。」兩位男士異口同聲。

「在那邊，兄弟。」邦廷先生指點。

接著卡斯先生急躁地加上一句：「請把門關上。」

「沒問題！」闖入者以一種和最初詢問時的粗嘎語調極不相同的低沈聲音說。「你說得對。」接著又以前一種聲音喝令：「倒退！」隨即退出房外，關上房門。

「我看，是個水手。」邦廷先生說：「挺逗趣的，他們。倒退！眞是。依我看，大概是個航海術語吧！指的是他退回房間外。」

「鐵定是的。」卡斯先生說：「我的膽子今天全給搞丟啦！剛剛眞把我嚇得跳起來——房門就那樣開了。」

邦廷先生淡淡一笑，彷彿他就沒跳起來似的。「好啦！」他歎了口氣：「我們來看這些本子吧！」

「等一下！」卡斯走過去鎖上房門，「我想現在我們不用再擔心遭到打擾了。」

就在這時，有人吸了吸鼻子。

「有件事實不容置辯；」邦廷先生拉了把椅子，坐到卡斯旁邊：「過去這幾天來，宜賓村裡發生了幾件非常奇怪的事──非常奇怪！我自然是沒辦法相信這荒謬的隱形故事嘍！」

「這種事確實叫人難以置信，」卡斯說：「──難以置信。但事實終歸是事實，我看到──我看到就在他的袖子！」

「但你眞的──你當眞確定嗎？比方說，有面鏡子──要產生幻覺是很容易的。我不知道你是否見過眞正的好魔術師！」

「我不會再爭辯了，」卡斯說：「邦廷，這問題我們已經充分討論過。現在我們手上有這些本子──啊！這裡有一段我看是希臘文！絕對是希臘字母。」

他指著那一頁中央。邦廷先生兩頰微微一燙，把臉湊上前去；顯然眼鏡有點毛病。突然間，他察覺到頸背有種奇怪的感覺。他試圖抬起頭，卻遇到一股無法挪動的阻力。那是一股奇異的壓力，一種被某隻沈重而穩定的手用力握住的感覺，迫使他的下巴無法抗拒地壓到桌面。

「別動，小子，」有個聲音悄悄吩咐：「否則我就打破你們兩顆腦袋！」

他密切注視與自己面對面的卡斯的臉龐，各自看到自己略帶錯愕的驚悸映像。

「很抱歉這樣粗魯地對待你們！」那聲音說：「不過，這也是沒辦法的事。」

「你們是打從什麼時候起學會查探研究人員記事本的？」那聲音問完，兩個下巴同時撞擊桌子，四排牙齒格格碰撞。

「你們什麼時候學會闖入倒楣人的房間？」同樣的衝撞重演一遍。

「他們把我的衣服放到哪裡去了？」

「聽著，」那聲音威嚇：「這些窗子全都關得牢牢的，房門的鑰匙也被我拔下了。我是個相當強壯有力的人，就近還有撥火棒——除了隱形之外。毫無疑問，只要我想的話，隨時可以殺了你們，然後輕易逃走——明白了嗎？很好。如果我放開你們，你們可答應不會嘗試任何無謂的舉動，同時照我的吩咐做？」

牧師與醫師對看一眼，醫師板著一張臉。「我答應。」邦廷先生回答之後，醫師照樣說了一遍。按住他倆頸背的壓力隨即鬆開，牧師與醫生坐挺身子，兩人都是面紅耳赤，扭著脖子四下張望。

「請待在原位別動。」隱形人說：「瞧，這是撥火棒。」

「在我進這房間的時候，」隱形人把撥火棒拿到兩人鼻尖前，然後說：「可沒料想到它會被人佔據了。我原以爲除了我的記事本外，還會見到一整套外衣。那些服裝哪裡去啦？不——別起來。我看得出它們不見了。現在，就是此時此刻，儘管白天的氣溫對一個全身光溜溜、跑來跑去的隱形人來說相當溫暖，入晚卻涼颼颼地。我要衣服——以及其他裝備；另外這三本本子我當然也要。」

第十二章・隱形人大發雷霆

寫到這裡，由於某個馬上就可見分曉、極爲擾人的理由，又非中斷敘述不可了。就在客房裡發生這些事件、哈克斯特盯著靠在門柱上抽菸的馬威爾先生之同時，賀爾先生和泰迪・韓福瑞正疑雲重重地在十來碼外討論某個宜賓村的話題。

突然間，一聲猛力擊打客房的砰然巨響傳來，一聲嚴厲的大吼，而後——寂靜無聲。

「喂——喂！」泰迪・韓福瑞喊著。

「喂——喂！」酒吧間裡也有人高喊。

賀爾先生反應雖慢卻很篤定。「不對勁。」他說著，從吧台後跑出來，直奔客房。

他和泰迪同時抵達門口，兩人都是一臉熱中，帶著愼重其事的眼神。「有問題！」賀爾說；韓福瑞點頭同意。一股難聞的化學藥劑味陣陣飄來，同時伴隨著十分急促而低沈的悶氣交談聲。

賀爾敲敲門，問：「你們沒事吧，先生？」

沈悶的交談聲戛然而止，短暫岑寂之後又恢復談話，這次是嘶嘶噓噓的竊竊低語，然後猛然一聲厲吼：「不，不！不可以！」接著是一陣驟起的動作和一把椅子翻倒的聲音，一陣短促的掙扎。再度寂靜無聲。

「怎麼回事？」韓福瑞失聲尖叫，但音量甚低。

「你們——還——好吧——先生？」賀爾先生又機警地詢問。

牧師回答的聲音結結巴巴，語調十分古怪：「很！很好！請不要——打擾。」

「怪！」韓福瑞先生說。

「怪！」賀爾先生也說。

「說『不要打擾』哩！」韓福瑞咕嚕。

「我聽到了。」賀爾說。

「還有一聲吸鼻子聲。」韓福瑞表示。

他倆繼續竊聽。交談聲急促而低微。「我不能！」邦廷先生的音調拉高：「我告訴你，先生，我不願。」

「怎麼了？」韓福瑞問。

「說他不願意。」賀爾說：「不會是對我們說的，對吧？」

「可恥！」房間裡的邦廷說。

「可恥！」韓福瑞先生複述：「我聽到了——清清楚楚。」

「這回說話的是誰？」韓福瑞問。

「卡斯先生；大概是。」賀爾回答：「你聽得到——任何聲音嗎？」

寂靜。房裡的聲音模模糊糊，令人困惑。

「聽起來好像拿桌巾亂扔的聲音。」賀爾說。

賀爾太太出現在櫃台後方。賀爾做個噤聲和邀請的手勢。這舉動喚起賀爾太太做爲妻子的對立性格。「你們在那兒偷聽什麼，賀爾？」她問：「你難道沒有更好的事做——在今天這樣忙碌的日子裡？」

賀爾試著靠扮鬼臉、演默劇等方式通報所有事情，賀爾太太卻執拗得很，她提高音量。賀爾和韓福瑞只得垂頭喪氣地踮著腳尖回到櫃台，對她比手畫腳地解釋一番。

最初她壓根兒拒絕瞭解他們所聽到的任何內容，後來又堅持要賀爾保持沈默，讓韓福瑞告訴她整件事情的始末。她原想將這整樁事當成無稽之談——或許他們只是在搬動家具罷了。「我聽到他們說『可恥』；眞的聽到。」賀爾表明。
「我也聽到了，賀爾太太。」韓福瑞說。
「聽起來好像──」賀爾太太剛開口。
「噓！」泰迪．韓福瑞說：「我是不是聽到窗口有聲音？」
「哪個窗口？」賀爾太太問。
「客房窗口。」韓福瑞回答。
三人站在原地專注地側耳傾聽。賀爾太太的兩眼直勾勾地瞪著前方，視而不見地望向客棧門口耀眼的長方形光影、五光十色的熱鬧大馬路，還有曝曬在六月驕陽下的哈克斯特家店面。哈克斯特的店門冷不防霍然大開，哈克斯特眼中閃著激動的神采，揮舞雙臂，大叫：「喂！快攔住小偷！」他呈對角線斜衝過那塊長方形地帶，奔往庭院入口，隨即不見人影。
客房內響起一陣騷亂。在這同時，另有關閉窗戶的聲音傳來。
賀爾、韓福瑞，和飲酒間裡的客人們馬上亂烘烘地衝上街頭。他們看見一條人影掠過銜接大馬路的街角，而哈克斯特先生則是凌空演出一個動作複雜的飛躍，最後臉、肩朝地摔落下來。街上的人們不是看得呆若木雞，便是紛紛朝他們奔去。

哈克斯特先生暈過去了。韓福瑞發現這情況後留在他身邊，但賀爾和兩名從飲酒間裡跑出來的工人卻滿嘴亂吼亂叫，不一會兒便衝到路口，看見馬威爾先生消失在教堂的牆角。他們顯然匆遽做成一個不可能的結論，認爲是隱形人突然現形了，馬上拔腿沿著巷道追逐。但賀爾跑不到十碼遠，立即驚愕地大叫一聲，頭部向前，斜飛出去。緊急中，他扯住一名工人，把那人拖得摔倒在地。有人以在橄欖球賽中撲向對手的方式攻擊他。第二名工人拐個彎跑上前來，盯著他們瞧上幾眼，以爲賀爾是自己絆倒的，於是轉身繼續追逐，結果也像哈克斯特一樣被攔著腳踝絆倒。接著，正當第一名工人掙扎著要站起來時，又被從旁飛來的一腳踢中；那力道足以踢倒一隻公牛。

就在他倒地的同時，由村莊草坪追來的人群已經衝過轉角。首先出現的是擲椰子遊戲攤主人：一名身穿藍色運動衫的魁梧男子。看到巷子裡除了三個滿地亂爬的男子外空無一人，令他驚駭萬分！這時，他的後腳不知撞上什麼邪門事，整個人頭前腳後地滾到一旁，正好及時抓住緊追而來的弟弟和合夥人的腳。緊接著他倆又被踢得雙膝跪地、栽倒，被後面一大堆急躁的追兵罵得狗血淋頭。

而在賀爾、韓福瑞和兩名工人衝出客棧時，已被多年經驗鍛鍊得有條不紊的賀爾太太依舊留守在收錢抽屜旁的櫃台。這時客房房門突然開啓，卡斯先生現身後，瞄也沒瞄她一眼便衝下臺階，奔向街角。「抓住他！」他吼著：「別讓他扔掉包袱！只要他拿著包袱，你們就可以看見他！」他對馬威爾的存在渾然不知。因爲隱形人在院子裡就把那包東西和本子易手啦。卡斯先生的臉色固然憤怒而果決，服裝卻凌亂不整；一件看似蘇格蘭裙的白色軟布褶疊短裙，大概只有在希臘才能馬馬虎虎及格。「抓住他！」他高聲咆哮：「他搶走了我的長褲！牧師的衣服也被他剝得一絲不掛！」

「馬上照料他！」衝過倒在地上的哈克斯特身旁時他交代韓福瑞一聲，然後拐過轉角，加入混亂的陣仗，不一會兒兩腳就被撞得整個人像條狗一樣趴在地上。有人以飛一般的大步伐重重踩在他的手指上。他唉唉大叫，掙扎著想站起身來，卻又被撞得再次匍匐在地，這才省悟到自己不是加入追捕的陣容，而是身陷於潰敗的烏合之衆裡邊。人人都在返身往村子裡跑。他再度站起，耳後結結實實地挨了一記。他跌跌撞撞地回頭奔向車馬棧，跑到此刻已經坐了起來、被遺棄在半路上的哈克斯特附近，他一躍而過，繼續大步狂奔。

就在他剛衝上客棧臺階沒幾步，猛聽到背後亂烘烘的叫嚷聲中，突如其來揚起一聲尖銳的怒吼，並聽到有人被結結實實摑了一巴掌。他聽出那暴吼是隱形人的聲音，而且是在挨了重重的一擊之後發出的怪叫。

卡斯先生迅速回到客房。「他回來啦，邦廷！」他衝入房內，大聲說道：「快救救你自己！他氣瘋啦！」

邦廷先生正站在窗口，努力嘗試用壁爐氈和一張西薩里公報❶裹住自己全身。「誰來啦？」他大吃一驚。一個不小心，讓裹在身上的臨時服裝綻開一條裂縫。

「隱形人。」卡斯說著衝到窗口：「我們最好馬上撤離這裡！他正瘋狂地胡打蠻幹！瘋狂了啊！」

轉瞬間他已跳到庭院外。

「我的老天爺！」邦廷先生輕呼一聲，在兩個可怕的選擇間猶豫不決。他聽到客棧的走道上響起一陣嚇人的打鬥，當下做好決定。他爬出窗外，倉促整理一下身上的臨時服裝，然後盡他那兩條胖胖的小短腿所能，飛也似地逃向村子裡。

從隱形人發出那聲憤怒的尖叫，邦廷先生展開那段令人永生難忘的逃命行動的那一刻起，宜賓村裡發生的事件就難以再有合情合理的解釋了。也許隱形人原來的動機只是想掩護馬威爾帶著

---

❶ 薩里（Surrey）：英格蘭東南部之一郡。

服裝、簿本撤離，但他那一度非常不錯的脾氣，在遭到某次不期而然的重擊後似乎完全消失了。從那時候起，他開始只為享受傷害他人的滿足而大動拳腳，打得衆人人仰馬翻。

諸位必能想像那滿街人群奔跑、門戶乒乒乓乓、爭相找尋藏身之處的亂象；必能想像那暴亂的隊伍冷不防撞上老佛萊查用兩張椅子、幾塊厚木板拼湊而成的不穩固的平衡支架之畫面——以及急劇變化的結果；必能想像一對坐在鞦韆架上驚駭的情侶面對這種情況是何等慌亂。然後，等到這股如急流般的喧囂人潮洶湧而過以後，除了肉眼不可見的暴怒依舊存在，宜賓街上亮麗繽紛的飾品和旗幟全部任人棄置，無人理睬，只留下遍地凌亂的椰子、倒塌的帆布帳棚，和某個甜點攤子散落滿地的糖果。四面八方都是忙著拉下遮板、推動門閂的聲音，周遭唯一可見的人類是偶爾在某扇窗板一隅揚起眉毛，匆匆掠過的一隻眼睛。

隱形人藉著打破車馬棧內的所有窗戶自娛一番，然後扛起一支街燈推穿葛里玻太太的客廳窗戶。在亞德汀路上的希金氏小屋再過去一點點，有條聯繫亞德汀的電話線被人剪斷，想必也是隱形人的傑作。之後他便充分運用其特質，避過人類所有的知覺，從此宜賓村裡再也沒有人聽到、看到，或感覺到他的存在。他，百分之百消失了。

但在整整兩個多小時之內，卻沒有半個人膽敢冒冒失失地再跑到荒涼的宜賓街上。

第十三章・馬威爾先生逆來順受

暮色漸濃，宜賓村民才開始再度探頭探腦、畏畏縮縮地窺視經歷這個休假日後的遍地狼藉。此時，一個矮胖健壯、戴著破舊絲綢帽的男子正辛苦地穿過暮色，走在山毛櫸林地後通往荊棘林的馬路上。他帶著三本用某種裝飾用的彈性帶綁在一起的本子，還有一個以藍桌巾紮成的包袱，紅通通的臉上布滿驚恐和疲憊，顯出一陣陣間續的慌忙。除了自己，還有一個聲音如影隨形跟著他。偶爾，他也會因兩隻看不見的手碰觸他而畏縮一下。

「要是你再閃躲一次；」那聲音警告：「要是你敢想再閃躲一次！」

「天啊！」馬威爾先生嚷著：「肩膀上已經到處瘀血啦！」

「──我以我的人格擔保，」那聲音又說：「絕對殺了你。」

「我並不想出錯！」馬威爾泫然欲泣地說：「我發誓我不想。我只是不認得那該死的轉角，如此而已！我哪會曉得那該死的轉角？你自己看啊，我已經被虐待得──」

「要是你不用心點，還會被虐待得更慘。」那聲音說完，馬威爾先生頓時噤若寒蟬。他的臉龐像顆洩了氣的皮球，眼中充滿絕望。

「不用你搞丟我的本子，光是讓那些笨頭笨腦的鄉下人揭開我的小秘密就已經夠糟了。那些匆匆逃走的人算他們好運！我來到這裡——沒有人知道我是隱形的！現在我怎麼辦？」

「現在我怎麼辦？」馬威爾囁嚅著問。

「就是這樣啦！這事準會上報！人人都會找尋我；人人警戒提防——」話聲突告終止，代之而起的是一連串狗血淋頭的臭罵。然後，所有聲音平息。

馬威爾先生臉上的絕望之色更深，腳下的步伐也拖拖拉拉。

「快走！」那聲音命令。

馬威爾先生赤紅的雙頰間顯現一片鐵青。

「別把那些書給掉了，笨蛋！」嚴厲約聲音對他叱喝。

「事實上，」那聲音又說：「我還得利用你這個可憐的嘍囉；我不得不如此。」

「我是個悲慘的嘍囉！」馬威爾應道。

「沒錯！」那聲音回答。

「我恐怕是你所能找到的嘍囉當中最差勁的一個。」馬威爾表示。

「我不強壯。」經過一陣令人氣餒的沈默之後，他又說。

「我並不比別人強壯。」他重申。

「是嗎？」

「而且我的心臟衰弱。那樁小事——我撐過了——但，媽的！我很有可能倒地不起。」

「哦？」

「我沒有做你想做的那種事情所需的勇氣和力量。」

「我會激勵你。」

「但願你不要。咯，我不想把你的計畫搞得亂糟糟。可是我很可能那樣——純粹出於怯懦和不幸。」

「你最好不會。」那聲音帶著從容不迫的強調語氣。

「眞希望我死了的好。」馬威爾哀歎。

「這不公平！」他說：「你必須承認——我似乎有絕對的權利——」

「快走！」那聲音再度下令。

馬威爾修正自己的步速。兩人暫時又陷入沈默。

「這眞是艱難得要命。」馬威爾先生說。

眼看一番話毫不產生半點效用，他又另出新招，開始以一種教人難以忍受的不當口氣問：「這件事可以讓我得到什麼？」

「噢！閉嘴！」那聲音突然帶著驚人的充沛活力：「你的事我會全權負責。你只要照吩咐行事，不准出半點差錯。你是個笨蛋，是個蠢材，但你要——」

「我告訴你，先生，我不是適當人選。必恭必敬，沒錯——但這事實在太——」

「要是你不閉上嘴巴，我就再扭你的手腕。」隱形人說：「我要想想。」

沒過多久，兩道昏黃的長方形光影穿透林間，一座教堂的方塔在淡淡的暮色中投下陰影。

「通過村莊這一路上，」那聲音說：「我會一直握著你的肩膀。一直走，不要停，也不許要什麼蠢花槍。倘若你敢搞怪，結果更慘。」

「我知道，」馬威爾先生歎著氣說；「我全都知道。」

那神情鬱悶，戴著過時的絲綢帽的男子揹著他的包袱通過小村的街道，消失在越來越黑、窗口的燈光再也滲不透的昏暗中。

第十四章・斯陀港邊

隔天早晨十點鐘，風塵僕僕、未刮鬍渣、全身髒兮兮的馬威爾先生，身旁擺著簿本，兩手深深插在口袋裡，坐在斯陀港邊一家小客棧外的長板凳上，神情顯得十分疲憊、緊張、侷促不安，不時鼓脹起雙頰。在他身邊擺的是那三本本子，只不過此時已用繩索綑紮妥當。爲了配合隱形人計畫中的某項改變，藍桌巾包袱已被丟棄在荊棘林過去的松林裡。

馬威爾先生坐在長板凳上，儘管沒有半個人稍稍注意他一眼，他的焦慮依舊停留在最高點。他的雙手老是莫名奇妙、緊張兮兮地在各個不同的口袋間游走、摸索。

然而，等他坐了一個多小時之後，終於有個已逾中年的水手帶著一份報紙，從客棧出來，坐在他旁邊。「天氣眞好。」水手打了聲招呼。

馬威爾先生帶著像是駭懼的神氣東張西望一陣，答道：「非常好。」

「論時節是很合季節的氣候。」水手不否認。

「正是。」馬威爾先生說。

水手掏出一支牙籤，開始專注地剔了幾分鐘牙。在這同時，他的兩眼肆無忌憚地細細打量馬威爾先生滿身灰塵的外表，和擺在他旁邊的本子。就在他靠近馬威爾先生時，曾聽到一個酷似幾枚硬幣掉進一個口袋的聲音。這富裕的暗示和馬威爾先生的外表間強烈的對比，把他嚇了一大跳。於是他的思緒又飄回到一個死死控制著他想像力的主題。

「書本嗎？」他突然開口，並嗒嗒呼呼地結束剔牙工作。

馬威爾先生猛吃一驚，注視著他。「噢，對！」他說：「是書本。」

「書本裡總是有些不尋常的東西。」水手說。

「我相信。」馬威爾先生回答。

「同時有些異於尋常的東西是出於書本。」水手又說。

「這也是眞的。」馬威爾先生瞅著他的對話者，隨即瞄瞄四周。

「比方說，報紙上也刊出些奇特的事情。」水手表示。

「的確。」

「就在這張報紙上。」水手強調。

「啊！」馬威爾先生訝然。

「報上有則故事；」水手以他堅定而慎重的目光緊緊盯住馬威爾先生，「唔，一則有關某個隱形人的故事。」

馬威爾先生撇撇嘴，抓抓臉頰，感覺兩頰發燙。「他們下文還寫些什麼？」他虛弱地問：「奧地利，或是美國？」

「都不是。」水手回答：「這裡！」

「天！」馬威爾先生大吃一驚。

「當我說這裡時，」水手以下的說明令馬威爾先生大鬆一口氣，「指的當然不是這個地方的這裡，而是指附近這一帶。」

「一個隱形人！」馬威爾先生問：「他做了些什麼？」

「所有的事。」水手以視線控制著馬威爾，然後誇大其辭：「所有該死的事！」

「這四天以來，我一張報紙都沒看過。」

「一開始，他是在宜賓出現的。」水手說。

「眞──的！」

「他從那裡開始行動。至於他來自何方，似乎沒人曉得。瞧，在這裡：宜賓奇聞。而根據這份報紙上說，證據非常強而有力——極爲——不尋常。」

「天！」馬威爾先生輕喊。

「不過話說回來，這是個驚人的故事。現場有一位牧師和一名醫務人員可以當目擊證人——徹徹底底、精確無訛地看到他——或者至少可以說，看不到他。聽說，他在車馬棧住宿，而好像始終沒有人曉得他的不幸。聽說，沒有人曉得，直到客棧裡發生了一番改變。聽說，他頭上的綁帶被拆下來了。這時候，人們才注意到他的頭是隱形的。他們立刻企圖捕獲他。但，聽說他脫了衣服，成功地逃走了。不過，在逃走之前，還經過一番激烈搏鬥。搏鬥中，聽說他重創了我們可敬而能幹的警官，J．A．傑佛斯先生。十分詳實的報導吧，呃？姓名、情節，一應俱全。」

「我的天！」馬威爾先生緊張兮兮地東張西望，嘗試單靠碰觸的感覺暗地計算口袋裡的金錢，腦中充滿一個新奇而古怪的主意。一聽起來眞是件最讓人吃驚的事情。」

「可不是嗎？不尋常！我是這麼形容的。我，我這輩子從沒聽人提到過什麼隱形人的事。不過，如今人們聽到的不尋常事情是那麼多——以致——」

「他做過的事就那些嗎？」馬威爾試著故示輕鬆狀。

「這就夠多了，不是嗎？」水手反問。

「都沒回去過？」馬威爾問：「就只是逃跑了，如此而已，嗯？」

「而已！」水手嚷著：「喂——難道那還不夠嗎？」

「夠！很夠了！」馬威爾說。

「我看是夠了。」水手表示：「我看是很夠了。」

「他沒有任何同伙嗎——報上沒說他有同伙，是不是？」馬威爾焦急地詢問。

「那種人一個難道還不夠你受？」水手說：「謝天謝地，人人都會這麼說，幸虧沒有！」

他遲緩地點點頭：「光是想到那傢伙在這附近到處跑，就叫我心裡直犯嘀咕！目前他正行動自如。根據可靠的證據顯示，他大概已經走上——唔，我想他們的意思是說——他走的是朝斯陀港的路。喏，我們就在這範圍內。這一回，跟你那些什麼美國奇蹟可扯不上一點關係了。只消想想他可能做出些什麼事來就夠瞧啦！萬一他先發制人，佔了上風，又想攻擊你，你要躲哪兒去才好！假設他想搶劫——有誰能阻止？他可以違法犯紀，可以順手牽羊；他可以像你、我從某個盲人身邊偷偷溜走一樣輕鬆地打一圈警察當中穿過！不，是更輕鬆！因爲我聽說，那些失明的人耳朵尖得厲害。而不管他想到哪裡喝個過癮——」

「當然，他佔了莫大便宜。」馬威爾先生反應，「而且——算了！」

「你說得對！」水手說：「他已經得了大便宜。」

這期間，馬威爾先生一直不斷地四下張望，專注聆聽微弱的腳步聲，努力偵測最細微的動靜。他似乎即將下定某個重大的決心。他捂著嘴，輕咳兩聲。

他再度左顧右盼，仔細傾聽，然後壓低嗓門，探身對水手說：「事實上——我——湊巧知道一、兩樁有關這隱形人的事；經由私人管道。」

「哦！」水手大感興趣：「你？」

「不錯！」馬威爾先生回答：「我。」

「當眞！」水手問：「我可否請教！」

「你必定會大爲驚異的。」馬威爾先生捂著嘴說：「太可怕了！」

「眞的！」

「事實上，」馬威爾先生以一種交心剖腹的口氣，急切地悄聲低語。突然間，他的表情起了急遽的驚人變化。「噢！」的一聲，他僵硬地挺直身軀，臉上神情充分顯示著他肉體上承受的苦。「噢！嗚！」他再度呻吟。

「怎麼回事？」水手關心地詢問。

「牙疼。」馬威爾先生說著，一手掩著耳朵，一手拿起本子。「我想我得走了。」他舉止古怪地沿著座椅邊緣，一步步側身從他的對話者身邊移開。

水手抗議：「但你才剛要告訴我有關這隱形人的事啊！」

馬威爾先生似乎正絞盡腦汁，好擠出個回答之詞。「騙人的。」一個聲音說。「是騙人的。」他忙搪塞。

「那是報上登的啊！」水手說。

「還是一樣騙人的。」馬威爾表示：「我認識那個帶頭扯謊的人。總之，根本沒有什麼隱形人——哎呀！」

「但這報紙該怎麼說？莫非你的意思是——？」

「別信它。」馬威爾先生斷然回答。

水手手持報紙直盯著他。馬威爾先生急急別開臉。「等一下，」水手站起身來，緩緩說道：「你的意思該不會是說——？」

「正是。」

「那麼你又何必由著我直講下去，把那些該死的鬼話全告訴你？讓人像那樣自己出自己洋相，你究竟存的是什麼心，呃？」

馬威爾先生的臉就像顆洩了氣的皮球。水手剎那間勃然色變；他握緊雙手：「我在這兒講了整整十分鐘，而你，你這大肚子、厚臉皮的小奴才，一點基本禮貌都沒有——」

「不要說我壞話。」馬威爾先生說。

「壞話！我可是個非常好心——」

「快啊！」有個聲音說道。馬威爾先生陡然像起痙攣似的，古怪地猛一轉身，舉步要走。

「你最好一直向前走。」水手說。

「誰要向前走？」馬威爾先生回道。他正以急促得莫名奇妙的大步伐，歪歪斜斜地後退，其間偶爾會猛朝前急動一下。沿著馬路離開一段距離後，他開始一個人嘮嘮叨叨直嘀咕、抗議、反唇相譏。

「蠢蛋！」水手兩腿叉開，雙手插腰，望著那漸漸模糊的人影。「我會證明給你看的，你這蠢驢——要我——在這裡——就刊在這報上！」

在語無倫次的反駁聲中，馬威爾先生的身影漸漸遠去，終於消失在一個轉彎後，但水手卻依然大剌剌地站在路中央，直到被一部肉商的貨車趕走，這才轉身朝向斯陀港。「全是堆超級笨蛋。」他輕聲自言自語：「純粹是想挫挫我的銳氣——他那蠢把戲——報上明明寫啦！」

緊接著，他馬上又聽到一樁離奇之事，而且事情就在他附近發生。「一大把錢」（只可能多，不可能少）在沒有任何可見的力量推動下，沿著聖麥爾巷轉角沿著牆邊飛行。某個船員兄弟當天早上親眼目睹這奇異景象，於是一把抓住金錢，結果卻被一拳打倒，等他站起來時，那些會飛的錢已經不見蹤影了。

我們這位老兄宣稱，以他的心境，任何事情都會相信，但那件事也未免太離譜啦！然而，事後他又把整個事情放在腦子裡反覆細想一番。

飛翔的錢這故事是真實的。附近所有地方，甚至無論從威風凜凜的國家銀行，或者從店舖各客棧裡裝錢的小抽屜內——在那艷陽高照的日子，家家都是大開生意之門——都有金錢被一把一把、或一捲一捲悄悄弄走，沿著牆邊或陰暗的角落無聲無息地飄浮，飛快自逼近的人們身旁掠過。而儘管沒有人追蹤，這些錢最後無疑都一成不變地在某個戴著過時的帽子、坐在斯陀港邊小客棧外的先生口袋裡，終止它們神秘的航程。

第十五章・奔跑的男子

薄暮時分，坎普醫生坐在他坐落於山丘上的觀景樓書房裡俯瞰波爾碼頭。那是個幽靜可愛的小房間，計有北、西、南三面窗戶，幾座書架上擺滿了琳瑯滿目的書籍和科學著作，北面窗口下是張寬闊的寫字檯，一具顯微鏡、載玻片、精密儀器、幾種培養菌，以及一些零散的瓶瓶罐罐和試劑。縱然在落日餘暉之下天色依舊明亮，而且在用不著防範屋外有人窺視的情況下，窗簾也捲得高高的，坎普醫生還是開了日光燈。這位醫生身材高姚瘦長，淺黃色頭髮，幾近白色的短髭。他希望自己投入的工作，能爲他贏得加入在他心目中崇高無比的皇家學會之資格。

這會兒，他的視線從工作上移開，飄向對面的山上背後散放光芒的夕陽。他咬著鋼筆坐在那兒，欣賞山巔四周金碧輝煌的色彩。約莫經過一分鐘光景，一條翻過山崖，朝著自己這方向奔來的小小黑暗人影分散了他的注意力。那是一名五短身材的男子，頭上戴頂高帽，掄起兩條腿，跑得像飛一般。

「又一個笨蛋！」坎普先生批評：「就像早上大聲嚷著：『先生，隱形人來啦！』在街角處迎頭撞個我滿懷的呆瓜一樣。眞難以想像大家著了什麼魔。叫人知道了，準以爲我們生活在十三世紀。」

他站起身來，走到窗口，眺望昏濛濛的山麓，而那條幽黑的小小人影正大步往山下衝去。

「他看似十萬火急，」坎普醫生自言自語：「卻快跑不動了。就算他口袋裝了鉛塊，腳步也不可能比這更沈重。」

「衝哇，先生！」坎普先生喊著。

不一會兒，幾棟沿山坡由波爾碼頭往上建的較高別墅便遮斷了那奔跑中的人影。之後他再度短暫出現；再一次、又一次；總計在那三棟獨立的相鄰建築間，他的身影三度一閃而過，然後就被平坦的屋頂遮住了。

「傻瓜！」坎普醫生轉身走回寫字檯旁。

但那些在延展的大馬路上親眼看到那逃亡者奔近，目睹他那嚇得可憐兮兮的發青臉色之人，可就不像醫生那麼以爲了。那男子一路「啪，啪，啪，啪！」踩著沈重的腳步奔跑，一路像個裝滿硬幣、來回顚簸搖盪的錢包般叮叮噹噹響著。他既不左顧，也不右盼，兩隻擴張的瞳孔筆直望向華燈初上、街上行人熙來攘往的山街，醜陋的嘴巴張得開開的，雙唇之間冒出一顆蛋白狀的口水泡泡，喘息之聲咻咻可聞。所有與他錯身而過的路人無不停下腳步，眼光在街頭街尾間掃視，帶著一絲絲志志不安，向他人詢問他爲何那樣慌忙。

差不多就在這個時候，遙遠的山丘上面，一條正在馬路上嬉戲的狗突然鑽到某扇門下狂吠。就在大家仍滿頭露水的當兒——一陣風——一串啪達、啪達、啪達——一個像在喘氣的呼吸聲——從旁颼過。

人們尖叫聲音四起，紛紛奔下人行道。它在喊叫聲中通過，轉眼衝下山。馬威爾還未到半路，已聽到大家又叫又嚷，帶著這消息箭步衝進屋裡，轟然關上家門，只好拚了老命做最後一陣衝刺。恐慌大步衝過他身旁，一馬當先，瞬間襲捲整座城鎮。

「隱形人來啦！是隱形人！」

第十六章・在歡樂板球員酒店

「歡樂板球員酒店」位置就在山腳下，電車軌道的起點旁。酒店主人兩隻紅紅的胖手臂拄著櫃台，正和一位面無血色的車夫談論馬匹；旁邊還有個蓄著黑鬍的灰衣男子「卡茲，卡茲！」地嚼著乳酪餅乾，大喝波爾頓酒，用美式英語和一名下了班的警察交談。

「外面鬧烘烘地在嚷哈玩意兒！」車夫突然改變話題，試圖從小客棧髒兮兮的黃窗板上方向小山上頭望。窗外有人飛奔而過。

「大概是火災吧！」店主說道。

重重的奔跑聲漸漸逼近，店門被猛力推開，披頭散髮、衣衫凌亂，帽子不知掉在哪裡，大衣領口敞開的馬威爾涕泗縱橫地衝進來，急停轉身，企圖關緊大門。一條皮帶扯住門緣，使它無法完全閉合。

「來了！」他大聲叫喊，聲音因驚懼而尖銳，「他來了。隱形人！在追我！老天爺！救我！

救我！救我！」

「把門全關緊。」警察吩咐。「誰來啦？外面吵什麼？」他走到門口，鬆開皮帶，店門便「呼！」地一聲關上。那美國人關上另一扇門。

「讓我進去！」馬威爾滿面淚水、搖搖欲墜，但仍緊抓著那三本本子。「讓我進去，把我鎖在裡頭——鎖在某個角落。告訴你們，他在追我。我從他的手中溜掉。他說他會殺了我；他說到做到。」

「你安全了；」黑髯男子說：「門已經關得緊緊的。究竟是怎麼回事？」

一記天外飛來的猛拳打得緊閉的大門微顫，門外有人大吼大叫。

馬威爾聲音淒厲：「快讓我進裡面去！」

警員高喊：「喂，外面是誰？」

馬威爾先生開始像發了狂似的猛朝乍看像是一扇門的隔間板撞：「他會殺我——他手上有把刀子什麼的。看老天爺份上！」

「既然如此，」店主扳起吧台的活動折板：「你到裡頭來吧！」

店門外的叫喚聲一再嚷個不停。馬威爾先生慌忙鑽進吧台後，尖聲叫著：「別開門！拜託千萬別開門！我該躲在哪裡？」

「這，這就是隱形人了，是嗎？」黑鬍子一手揹在背後，說：「依我看，也該是咱們會會他的時候啦！」

小客棧的窗戶突然被砸碎，街道上一片來往奔跑和尖叫的聲音。一直站在長椅上對外張望、伸長了脖子查看是誰站在門外的警察挑起雙眉，跳下椅子，說：「正是。」店主站在此刻鎖著馬威爾先生的酒吧間門口，盯著被砸破的窗口，繞到另外兩人身旁。

四周忽然一片靜悄悄。

「要是我帶了警棍就好啦！」警員猶豫不決地走向店門，「一旦我們將門打開，他就會進來。根本沒有任何東西可以阻擋他。」

「你千萬別太急著開門。」蒼白的車夫憂心忡忡地說。

「拔開門閂！」黑鬍子說：「要是他進來的話——」他露了一下手中的左輪手槍給他們看。

「不行啊！」警員表示：「那是謀殺。」

「我知道自己是在哪個國家；」那人回答：「我會瞄準他的腿部射擊。拔開門閂。」

「可別往我背後開槍哇！」酒店主人從窗板上方探出頭去。

「很好！」黑鬍子槍枝在手，蹲低身子，親自拔開兩扇大門門閂。店主、車夫、警察扭著脖子東張西望。

「進來。」黑鬍子低喝一身，挺起身子，把手槍藏在背後，面對拔開門閂的前門而立。沒有人進屋；大門也照舊關得好好的。五分鐘後又有一名車夫小心翼翼地把頭擠進來。大家還在枯等，同時一張焦急的臉龐從酒吧間向外窺探，並提供情報。

「是不是整棟屋子所有的門都關牢了？」馬威爾問：「他會繞道——鬼鬼祟祟地繞道。他像魔鬼一樣詭詐。」

「老天！」粗粗壯壯的店主人嚷著：「還有後面！留心那些門！喂——」他無助地東張西望。酒吧間的門砰然關上，他們聽到鑰匙轉動的聲響。「還有院子門和秘門。院子門——」

他拔腿衝出吧台。

不一會兒，他手執一把切肉刀再度露面，垮著臉說：「院子門被打開啦！」

「他現在大概已經進屋了！」第一名車夫說。

「他不在廚房；」店主表示：「廚房裡有兩個女人，而且我用這把小牛肉切片刀把每吋地方都戳遍了。她們不認爲他進來過；她們沒察覺——」

「你是否把它鎖好了？」第一名車夫問。

「我沒注意。」

黑鬍子重新舉起手槍。就在此時，吧台的折板被人關上，鎖簧「卡啦！」一聲落了鎖。緊接著，酒吧間的門環在驚人的重擊聲中應聲斷裂，門被大力破開。他們聽到馬威爾像隻被抓的小野兔般唉唉尖叫。大家忙從吧台上爬過去解救他。黑鬍子的手槍訇然一響，酒吧間後的鏡子猛然一振，開始叮叮咚咚地粉碎、掉落。

店主進了酒吧間，看見馬威爾古里古怪地把身體縮成一團，抵著通往院子和廚房的門奮力掙扎。那門在店主遲疑之間霍然盪開，馬威爾被拖進廚房。一聲尖叫，加上一陣嘩啦啦的鍋盤撞擊聲。弓著身子、面部朝下，硬是頑強地奮力往後掙的馬威爾被強拉到門邊，門閂被人抽開。

這時一直奮力要從店主旁邊擠到前面的警察衝了進來，後面尾隨兩名車夫當中的一個。警察扣住那扭著馬威爾衣領的無形之手，卻被迎面一拳打得踉蹌後退。門開了，馬威爾發瘋似地拚命想往門後竄。正當此時，車夫揪住某樣東西。「我抓到他了。」車夫說。店主伸出紅通通的雙手對著那無形無影的目標奮力抓去。「在這兒！」他嚷著。

馬威爾先生因對方猝然鬆手而跌在地上，企圖由那群正混戰中的男子腿後悄悄爬開。奮戰的人群在門邊扭打成一團。警察一腳踩在隱形人腳上，疼得他哇哇大叫。這也是衆人首次聽到他的聲音。接下來他便暴跳如雷地鬼吼鬼叫，兩隻拳頭掄得飛快。突然間，車夫被踹中小腹，彎著腰哇哇大叫。由廚房間向酒吧間的門砰然關上，掩護馬威爾先生撤離。廚房裡那人發現自己抓著空空的空氣亂打一通。

「他跑哪裡去啦？」黑鬍子高喊：「出去了嗎？」

「這邊。」警察踏入後院，停了下來。

一片瓦片從他的頭旁咻咻飛過，打在流理台上的陶質器皿間。

「我會指出他的位置的。」黑鬍子高聲大喊。一顆耀眼的鋼彈掠過警員肩膀上方，五顆子彈緊追其後，接連射入剛剛飛出瓦片的暮色裡。黑鬍男子在射擊的同時，一面以水平的曲線移動他的手，因此他所發出的子彈就像輪輻般四射飛入窄小的庭院。

繼之而來的是短暫的寂靜。「五發子彈，」黑鬍子說道：「好得不能再好了。四發么點，一張飛牌。隨便哪個去提盞燈，過來四處摸摸，找出他的屍體。」

第十七章・坎普醫生的訪客

在被槍聲驚動以前，坎普醫生一直在他的書房裡寫東西。砰！砰！砰……一聲接著一聲。

「喂！」坎普醫生再度咬著筆管，側耳細聽。「是誰在波頓碼頭開槍？這會兒又是什麼蠢事啦？」他走到南面窗口，推起窗板，俯瞰組成整座晚間城鎮的窗戶網、恰如珠鏈般串連其間的煤氣燈，以及屋頂與屋頂間隔著黑色細縫的店舖群。「看樣子，山腳下，」他自言自語：「好像有不少人擠在板球員那邊。」他繼續憑窗眺望。接著他的視線越過城鎮，飄向船燈照耀，碼頭上大放光明的遠方，某座單面映照光華的建築恰似一顆散發黃光的珠寶般。一彎明月高掛西方山頭上，星光皎潔，幾乎如熱帶地方般燦爛。

五分鐘後，心思早已神遊到未來社會狀況的渺遠情境、終於迷失在時光歷程中的坎普醫生長歎一聲，回過神來，拉下窗板，回到寫字檯旁。

大約總有差不多一小時之後，大門門鈴響起。自從槍響到現在，他的書寫速度始終遲緩，而且不時茫然發呆。他坐在書桌後面留神細聽，聽到傭人前去應門，於是靜待她的腳步踏上樓梯，而她卻遲遲沒上來。「不知道是怎麼回事？」坎普先生喃喃自語。

他試著恢復工作，結果卻難以專心，索性站起來，從書房走到樓梯間的駐腳台，摁了鈴，等女傭出現在底下走廊，便俯身從欄杆邊對著她喊：「是不是有人送信來？」

「只是個按了鈴就跑的惡作劇，先生。」女傭回答。

「我今晚心神不寧。」他自言自語地走回書房。這一次，他毅然決然動手工作。不一會兒，便又辛勤工作起來。房裡除了時鐘滴滴答答走著，就只聽到他那羽毛筆低弱的尖銳聲音，在投照於桌上的燈影中心急促地沙沙作響。

坎普醫生整整用去兩個鐘頭完成當晚的工作。他呵欠連連地起身下樓就寢。等寬了大衣、脫掉汗衫後，又覺得口渴了，於是擎著蠟燭，到餐廳找根吸管和威士忌。

坎普醫生對於科學孜孜不倦地研究，早已將他培養成一個觀察力非常敏銳的人，就在第二度穿過走廊時，他注意到樓梯底下踏墊附近那張油氈上有塊暗暗的斑痕。他走到樓上，腦中驀然閃過一個疑問——那塊斑痕究竟是什麼東西？很顯然，某種潛意識成分正在運作。總之，他手上的東西還沒放下，就又轉身回到走廊，把威士忌和吸管擱在一旁，俯身摸摸那塊斑痕，並不怎麼意外地發現它具備乾涸中的鮮血那種色澤和黏稠感。

他拿起酒和吸管，左看看、右瞧瞧地回到樓上，企圖為那血跡找出個解釋來。在樓梯頂端他看到某樣事情，不由驚詫得停下腳步。他自己房門的把手也沾著血跡。

他看看自己的雙手，一乾二淨。這時他猛然想起，房門在他從書房下來時就已經是敞開的了，因此他根本沒有碰過門把。他立即走入房間，臉上神情十分鎮定——或許比平時更多了一絲果斷。他的眼光帶著質疑四處游移，最後落在床上。床罩上面染了大量鮮血，被罩也被扯破了。由於早先他是一進房門就直接走向梳妝台，並未注意到這情形。

在床的另一頭，床單、被褥就像有人剛剛坐上去一樣，略為下陷。

這時他突然有種極為古怪的感受，耳裡分明聽見有人高聲說了句：「老天——坎普！」但坎普先生卻非「耳聞為真」這句話的信奉者。

他站在那兒凝視著凌亂的寢具。真的有人說話嗎？他再度四下張望。但除了沾染血跡的紊亂床鋪外，卻沒有任何進一步的發現。隨後他清清楚楚地聽到房間另一頭、靠近洗手台的地方有了動靜。所有的人，無論教育程度多高，總會保有些迷信的徵兆。那種所謂「詭異」的感覺籠罩他的心頭。他關上房門，走到梳妝台前，放下手中的物品。突然他心中一震，看見在他和洗手台間，有條用亞麻碎布纏成的沾血繃帶懸在半空中。

他驚訝地瞪著這個畫面。那是一條空繃帶；一條紮得妥妥貼貼但當中空無一物的繃帶。他本想走上前去抓住它，但某種觸覺阻擋了他，有個聲音貼在他的身旁說話。

「坎普！」那聲音招呼。

「嗯？」坎普張大嘴。

「鎮定下來！」那聲音表白：「我是隱形人。」

坎普只顧呆呆望著那條繃帶，愣了一下，才跟著唸出一聲：「——隱形人。」

「我是個隱形人。」那聲音重申。

原本在今天早上還顯得那麼無稽、荒唐的故事，這會兒驀然湧至坎普腦海。這一瞬間，他看起來既不十分驚駭，也不非常訝異。沒多久，他幡然理解了。「我原以為那純粹是個謊言。」他嘴裡說著，心中最先想到的便是早上那些反覆不休的爭辯。「你是否纏著繃帶？」他問。

「沒錯。」隱形人回答。

「噢！」坎普被一語驚醒。「哎呀！」他說：「但這是胡說八道。一定是某種幻術。」他突然上前一步，朝著繃帶伸出手去，碰到幾隻看不見的手指。

坎普連忙縮手，臉色大變。

「鎮定，坎普，拜託你千萬鎮定！我亟需幫助。別跑哇！」

他一把抓住對方的手臂，令他心中一凜。

「坎普！」那聲音大叫：「坎普，鎮定！」說著抓得更緊了。

坎普一心只渴望掙脫箝制。那纏著繃帶的手臂牢牢握住他的肩膀，他的腳下猛然一絆，整個身體往後一仰，跌在床上。他張開嘴巴想喊叫，對方立刻用被單一角塞住他的嘴。隱形人雖然將他凶暴地壓倒，卻不再握著他的臂膀，於是他揮拳蹬腿，想要狠狠踹對力幾腳。

「聽聽道理，好嗎？」隱形人雖然被當胸重揮一拳，依舊壓制著他不放。「老天爺！你馬上就會把我氣瘋！」

「安靜躺好，你這笨蛋！」隱形人湊在坎普耳邊大喊。

坎普繼續掙扎一陣，便乖乖躺著不動了。

「要是你大喊大叫，我就揍你的臉。」隱形人說著，拿掉塞住他嘴巴的被單。

「我是隱形人。既不可笑，也非魔術。我真的是個隱形人。同時我要你幫我的忙。我不想傷害你，但若是你表現得像個發了瘋的土包子，我就非修理你不可了。你不記得我了嗎，坎普？葛立芬啊！大學裡的葛立芬？」

「讓我起來；」坎普聲明：「我會待在原地不動。讓我靜坐一下。」

他翻身坐起，摸摸自己的脖子。

「我是葛立芬，大學裡的葛立芬。我把自己弄得看不見。我只不是個被弄得看不見的普通人！一個你所認識的人。」

「葛立芬？」

「葛立芬。」那聲音回答——「一個低年級生，幾近白化症者❶，六呎高，性格爽朗，臉色蒼白，紅眼睛——曾經贏得化學獎章的那個。」

「我給弄糊塗啦！」坎普說：「腦子裡亂烘烘的。這跟葛立芬有什麼關係？」

「我就是葛立芬。」

坎普想了想，說：「太可怕了！但要把一個人弄不見，得經過什麼邪術哇？」

「不是什麼邪術；是一套程序，一套極爲健全而又容易理解的程序——」

---

❶皮膚、頭髮、眼睛缺乏正常色素者，眼睛粉紅，膚色蒼白，頭髮全白或微白。

「太可怕了！」坎普說：「究竟——」

「確實夠可怕的。但我現在受了傷，而且痛得要命，又累得很——天哪！坎普，你是個男子漢，鎮定一點好嗎？給我一點食物和飲料，讓我坐在這裡。」

坎普兩眼望著那繃帶由房間這頭移動到另一頭，然後看見一把柳條椅被從那頭划過地板，拖到床邊。椅子「咿呀！」一聲，椅座部分下沈四分之一吋左右。他揉揉雙眼，再次摸摸脖子。

「比見鬼還稀奇。」他說著，傻笑幾聲。

「好多嘍！上帝保佑，你總算醒悟過來啦！」

「或者嚇呆啦！」坎普用力揉著眼皮。

「給我一點威士忌。我快死掉了。」

「感覺不像。你在哪裡？要是我站起來，會不會撞上你？那兒！好極啦！威士忌？在這裡。我該拿到什麼地方給你？」

柳條椅吱嘎作響，坎普感到杯子被從手中抽走。他使了一會兒勁之後才鬆手；這一切違反他的本能。玻璃杯穩穩停在距離椅座前端的上方約二十吋處。他大惑不解地直瞅著它看，「這是——這一定是——催眠術。你一定會事先提示過你是無形的。」

「胡說！」那聲音叱道。

「這太瘋狂了！」

「仔細聽我說。」

「今天早上我擲地有聲地聲明，」他說：「說隱形之事——」

「別管你做過什麼聲明了——我餓壞啦！」那聲音說：「而夜晚對一個——沒穿衣服的人來說又是那麼寒冷。」

「食物!?」坎普說。

威士忌酒杯自動傾斜？「正是。」隱形人說著，敲敲玻璃酒杯，「你有沒有晨袍？」

坎普低低尖叫一聲，走到衣櫃前，取出一件暗紅的長袍，問：「這可以嗎？」袍子被從他手中取手，在半空中軟趴趴懸垂了一會兒，隨即不可思議地擺動一陣，挺直豎立，並井然有序地自動扣好鈕子，坐在椅子上。「內褲、長襪、拖鞋，會是舒服的穿著。」那看不見的客人簡慢地提示，「外加食物。」

「悉聽吩咐。但這是我這輩子所見過最最瘋狂的事情。」

他打開抽屜，找出那些東西，然後下樓到食物貯藏室去細細搜刮。回來時，他手中端著冷掉的烤肉片，挪動一張小桌子，把食物擺到客人面前。

「不用張羅刀叉了。」那不速之客說著，一塊肉片伴隨著咬嚼聲，懸在半空。

「無形無影！」坎普輕呼一聲，坐在一把臥房的椅子上。

「我一向喜歡在吃東西前走動走動。」隱形人塞著滿嘴食物，狼吞虎嚥，「古怪的喜好！」

「那手腕應該沒事吧！」坎普說。

「相信我。」隱形人回答。

「最最奇怪，最最不可思議——」

「正是。不過說也奇了，我竟會一頭撞進你的住處來找東西包紮傷口。多幸運呵！總之，今晚我打算睡在這屋子裡。你務必擔待啊！我那血搞得骯髒兮兮，討厭死啦！不是嗎？那邊凝了一大灘。咯，在凝固之後就變得清晰可見了。我已經在這屋裡待了三個小時啦！」

「但這是怎麼造成的？」坎普帶著惱火的語氣問：「該死！這整樁事情——從頭到尾都讓人無法理解。」

「絕對可以理解，」隱形人說：「百分之百可以理解。」

他伸長了手拿走威士忌酒瓶。坎普兩眼發直地盯著那貪食的晨袍。一道燭光滲入右肩上一處破裂的補綻，在左肋骨下形成三角形的光塊。「槍擊是怎麼回事？」他問：「如何開始的？」
「有個傻瓜——可以算是和我同伙的——混帳東西——想偷走我的錢。結果就這樣啦！」
「他也是隱形人嗎？」
「不。」
「哦？」
「可不可以先多弄點東西給我吃，再讓我告訴你一切詳情？我很餓——傷口又痛；而你還要我述說經歷！」
坎普站起來。「你沒開槍吧？」他問。
「開槍的不是我，」對方回答：「是個我沒見過的人胡亂掃射。很多人都嚇壞啦！他們全都被我嚇得發昏。那些該死的傢伙——喂——坎普，我還要多吃點兒。」
「我到樓下去看看還有什麼可吃的。」坎普說：「恐怕，不太多。」
隱形人吃完東西（而且吃得很多），又要了一支雪茄。坎普還來不及找到小刀，他已狠狠咬斷雪茄尾端，看見外緣菸草鬆了，立刻破口大罵。看他抽菸實在是怪事一件；當那嫋娜的輕煙釋出時，他的嘴巴、喉嚨、咽頭、鼻孔都變得可以看見了。

「啊，抽菸，上帝的恩賜！」他精神勃勃地吐著煙圈。「撞上你眞是我走運，坎普！你一定要幫我。想想看，竟然在此時此刻碰到你！我的處境好慘。我想，我一定發了瘋。經歷過這麼多事情！但我們還會有所作爲的。聽我說——」

他再喝了口威士忌蘇打。坎普站起來，往他的周遭打量幾眼，選擇不會碰撞對方的角度爲自己斟了杯酒。「這太不可思議了！不過，我想，我大概可以吸收。」

「這十餘年來，坎普，你並沒有多少改變。你們這種堂堂正正的人是不會變的。冷靜、有條不紊！在最初的崩潰之後。我必須告訴你，我們將要合作！」

「但這一切的經過究竟如何？」坎普問：「你究竟怎麼會變成這樣子的？」

「看在老天爺份上，先讓我安安靜靜抽一會兒菸吧！然後我會開始告訴你。」

然而，當晚隱形人並未說出事情的經過。他的手腕愈來愈痛，人又發著高燒，精疲力竭，思緒繞著山丘追逐和客棧裡的那場爭鬥打轉。他零星片段地提及馬威爾，菸越抽越急，語氣益發忿怒。坎普則竭盡所能地推斷實情。

「他怕我，我看得出來他怕我。」隱形人好幾次反覆表示：「他打算開溜——他一直都在盤算！我眞是笨哪！」

「懦夫！我早該殺了他——」

「你的錢打哪兒來的？」坎普出其不意地詢問。

隱形人沈默片刻，回答：「今晚我不能告訴你。」

他突然連聲呻吟，傾身向前，用無形的雙手撐住無形的頭。「坎普，」他說：「我已經將近三天沒睡了——中間只打過一、兩個小時的盹。我必須馬上睡覺。」

「好吧！就睡我的房間——這個房間。」

「但我怎麼能睡？要是我睡了——他會跑掉的。呀！呀！怎麼回事？」

「槍傷嚴重嗎？」坎普突然調轉個話題。

「沒什麼——只是擦傷、流血。噢，天哪！我好睏啊！」

「有何不對？」

隱形人像在上下打量坎普，慢條斯理地回答：「因爲我一直是個惹自己同胞側目的人。」

坎普陡然一驚！

「我眞笨！」隱形人猛用力一槌桌子：「我把這念頭灌輸到你的腦子裡去啦！」

第十八章・隱形人入睡

儘管帶著槍傷，身心俱疲，隱形人依舊拒絕接受坎普聲稱他的自由將受到尊重的保證。他仔仔細細檢查過兩扇寢室窗戶，推起遮板，打開窗框，以證實坎普所說避居此處乃可行之計的說詞不虛。窗外的夜色安寧而寂靜，新月爬在小丘上方。緊接著他又檢查了所有的寢室鑰匙和兩個化妝間，確保自己可以不受限制，行動自如，這才表示滿意。他站到爐邊地毯上。坎普聽到呵欠聲。

「抱歉！」隱形人說：「今晚我無法把自己的所做所爲全對你說清楚。我眞的累垮了。毫無疑問，這的確很古怪。太可怕啦！但相信我，坎普，不管你早上是怎麼跟人爭辯的，這件事情絕對有可能。我完成了一項發明，原本打算秘而不宣的。但我辦不到。我必須找個伙伴。而你——我們可以從事這些事情——不過要等明天。現在，坎普，我覺得我再不睡就要死掉嘍！」

坎普站在房間中央凝視著那身無頭的衣著。「我看我得向你告退了。」他說：「眞是——不可思議。眼前種種正顛覆著我一切固有的成見，足以讓我瘋狂。但這是眞的！還要我幫你準備什麼嗎？」

「只要道聲晚安。」葛立芬回答。

「晚安。」坎普握了握一隻無形的手，一步步側移向門口。突然間，那晨袍迅速朝他走來。「理解我！」晨袍說：「不要企圖阻礙或捕捉我！否則——」

坎普臉色微微一變，「我還以爲你已經接受我的承諾了呢！」

他走出寢室，輕輕帶上房門。人未離開，鑰匙已經立刻轉動。他滿面錯愕地愣在當場。快速的腳步又抵達化妝間門口，把那扇門也上了鎖。坎普以掌拊額，「我是不是在做夢？這世界瘋了嗎——或者瘋的是我？」

他哈哈一笑，把手伸向上鎖的房門，「被擋在自己的寢室之外！荒謬至極！」

他走到樓梯頂端，回頭，望著那兩扇鎖著的門。「是眞的！」他揉揉輕微瘀傷的脖子：「無可否認的事實！」

「可是——」

他無奈地搖搖頭，轉身，下樓。

他點亮了餐廳的燈，掏出一支雪茄，開始一邊嚷嚷，一邊在裡頭踱來踱去，又不時自我辯論、爭執。

「隱形人！」他嚷著。

「眞有看不見的動物這種東西嗎？在海裡；有。成千上萬，無以計數！所有幼蟲，所有小甲蟲、微生物，和水母。在海洋裡，肉眼看不見的東西比看得見的還多！這一點我以前從沒有想到過。池塘裡也一樣！還有所有的那些小池塘生物——那些沒有顏色的半透明凍子微塵！可是換作在空氣中？不！

「不可能的。

「但畢竟——爲何不可能？

「就算是一個由玻璃組成的人，也還是看得見。」他的思慮混淆了。在他再度開口前，已經有三支雪茄的絕大部分都化作白燼，掉在地毯上，看不見，或者散開了。在僅僅一聲尖呼後，他轉身離開餐廳，走進他的小診視室，點亮那兒的煤氣燈。那房間不大；因爲坎普醫生並不靠執業謀生。房裡擺著當天的報紙，早報被隨隨便便打開，擱在一旁。他撿起報紙，信手翻尋，閱讀一則名爲「宜賓村奇事」的報導，也就是在斯陀港邊，那水手拐彎抹角告訴馬威爾先生的那段內容。坎普匆匆流覽。

「全身裹得密不透風！」坎普拿著：「喬裝改扮！藏匿！『似乎一直沒有人曉得他的不幸。』他究竟在玩什麼把戲？」

他放下報紙，眼光四處蒐尋。「啊！」他低呼一聲，拿起從送來到現在都還摺得好好的《聖詹姆士報》，說道：「現在我們可以獲知眞相啦！」他一把扯得報紙綻開一道縫，幾欄文字撞入眼底，標題是：「薩西克斯郡的一座村莊全村陷入瘋狂。」

「我的天啊！」坎普急切地閱讀昨日下午發生在宜賓村那些已經見諸報端的離奇事件。翻到下一頁。早報刊載的內容又被重登了一遍。

他重閱一次。「左衝右撞地奔過街道。傑佛斯昏迷不醒。哈克斯特先生疼痛萬分——仍舊無法描述他所看到的現象。牧師——羞辱、痛苦。婦人驚嚇莫名。窗戶被砸。

這異乎尋常的故事可能是出自杜撰。內容精采，不登可惜——且令人難忘！」

他放下報紙，茫然望向前方，「可能是杜撰！」

他再度拿起報紙，把整樁事件又從頭到尾看了一遍，「但那流浪漢是何時牽扯進來的？他為什麼要追逐一個流浪漢？」

他猝然坐在手術台上。「他不僅僅是隱形而已，」他說：「而且發瘋啦！染上殺人癖啦！」

當晨曦初露，光柱與餐廳裡的燈光和雪茄的煙氣溶合在一起，坎普依然在來回踱蹀，試圖領悟種種疑點。

他情緒激動得根本無法入眠。幾名帶著濃濃的睡意下樓的僕人發現了他，都傾向認爲那是過度用功之害。他給予他們反常但卻十分明確的指示，吩咐在觀景書房擺兩份早餐——擺好之後，就限定他們只能在地下室和底樓活動。接著他又繼續在餐廳裡踱步，直到早報送來爲止。報上寫了很多，但除了確證昨晚的資料，和一則來自波爾碼頭、寫得極差的醒目故事外，並沒有透露太多進一步的訊息。

這故事使坎普對於在歡樂板球員客棧所發生的事有了精要的瞭解，也得知馬威爾之名。「在過去二十四小時內，他迫使我與他同進同退。」馬威爾證實。不少較細微的事件也被附加在宜賓村傳奇中。比較值得注意的是村裡的電信線路被截斷一事。但卻沒有任何東西可以揭曉隱形人和流浪漢之間的關係。因爲馬威爾先生對於那三本日誌、或被塞進他口袋的那筆金錢並未提供任何資料。懷疑的語調已經不復存在，一大群記者和調查者都在大肆炒作這樁事件。

坎普仔細細閱讀整篇報導的每一段落，又派遣女傭出去把她所能找到的每一份早報都盡可能買回來，貪婪地細讀。

「他是隱形的；」他自言自語：「而且照報上所說，似是憤怒欲狂！他可能做的事情！他可能做出的事情！況且他又如空氣一般，無拘無礙地上了樓。我究竟該怎麼辦才好？」

「比方說，如果——算不算違背承諾？不！」

他走到牆角邊的一張凌亂的書桌旁，開始筆寫一封短箋。寫到一半，他撕掉信紙另寫一張。他重閱一遍，反覆三思，然後裝進信封，寫下：「艾迪上校，波爾港」等字。

就在坎普書寫信封的同時，隱形人醒了，並且是在凶惡的脾氣中醒來。對一切聲音無不提高警覺的坎普，聽到他劈哩啪啦的腳步聲突然衝過頭頂上的臥房。接著一把椅子被用力拋擲，把洗臉台上的平底大玻璃杯砸得粉碎。坎普趕緊跑上樓，焦急地敲門。

第十九章・基本原理

「怎麼啦？」隱形人開門讓主人入內後，坎普詢問。

「沒事。」他回答。

「可是，明明有事！那破碎聲？」

「一時脾氣不好。」隱形人說：「忘了這隻手臂；痛得要命。」

「你很容易受那類事情控制。」

「的確。」

坎普走入房間另一頭，撿拾玻璃碎片。「你的種種事情都被披露出來了；」坎普手捧碎玻璃站起來：「所有發生在宜賓和山下的事。世人開始曉得世上有個隱形公民；不過沒有人曉得你在這裡。」

隱形人破口大罵。

「秘密洩漏了——我推斷那是個秘密。我不知道你的計畫是些什麼，但我理所當然急於幫你的忙。」

隱形人坐在床上。

「樓上準備好了早餐。」坎普盡可能把語調放輕鬆，同時很高興地發現他的怪客欣然起立。坎普帶路走上狹窄的樓梯間，前往觀景樓。

「我必須先多瞭解一些些有關你隱形的這件事，」坎普表示：「我們才能進行往後的事情。」他帶著一股將有大事相商的神氣，緊張兮兮地往窗外掃視一眼，然後坐下來。在他隔桌望向坐在早餐桌另一側的葛立芬之際——一襲沒有頭、沒有手的晨袍，神奇地拿著張餐巾揩拭看不見的嘴巴——對於整樁事件是否明朗的疑慮霎時紛紛湧入腦海，隨即一併消失。

「很簡單——也很可信。」葛立芬把餐巾放在一旁，用一隻無形的手撐著無形的頭。

「對你而言，毫無疑問，但——」坎普哈哈一笑。

「唔，沒錯！無疑地，一開始對我來說似乎神奇極啦！但現在，老天——不過我們依舊大有可為哩！最初，我是在契索斯托開始發展這玩意兒的。」

「契索斯托？」

「我離開倫敦之後到了那裡。你知道我放棄醫學，改習物理的事吧？不！唔，我確實那麼做了。光迷住了我。」

「啊！」

「光體的密度！這整門學問是張由無數節眼組成的網——一張所有解答都躲躲藏藏地穿透孔洞，閃著微光的網。年僅二十二，帶著滿腔熱情的我矢志說道：『我將爲此奉獻終身。它值得。』你該知道我們在二十二歲時是多麼癡傻。」

「當年癡傻，而今亦如是。」坎普說。

「彷彿知識眞可以滿足人什麼似的。

「但我就這樣，像一隻小蜜蜂，時時刻刻埋頭苦幹。我整整在這個主題上用功、思考了近六個月時光，突然間，光亮穿透某個篩孔照進來——照得人眼花撩亂！我在色素和折射問題方面發現一條概括原理——一道公式，一道涵蓋四度空間的幾何公式。傻瓜、普通人，甚至一般數學家都不曉得一條普通的數學公式對一個分子物理學學習者可能代表多大意義。在那些本子中——那些被那流浪漢藏起來的本子中——有好多奇蹟！好多異事！但這不是方案，只是個很可能可經由它發展出某套計畫的概念。透過它，不用改變該物質的其他任何屬性——除了，比方說，色彩——來將某個物體（不管是固體或液體）的折射率降低到和空氣相同——就可達到相關的所有實際目標。」

「喝！」坎普說：「眞古怪！不過我還是不怎麼明白——我可以理解你能夠據此破壞貴重的寶石，但要說到人身的隱形，卻是太遙遠了。」

「你說得對極了。」葛立芬說明：「不過你仔細想想：物體的可見度端視可見物受光後的作用而定。不管是一個物體吸收光，或是折射、反射它，或三者兼而有之都行。如果它對光線既不折射、反射，也不吸收，就不能使自己變得可見了。比方說，你看到一個不透明的紅盒子，是因那色彩吸收了某些光並反射其餘部分，而所有紅色的部分都呈現在你眼前。要是它並未吸收光的任何特別部分，而是全部加以反射，那就是一個閃亮亮的白盒子了。銀色！一個鑲鑽的匣子既不會吸收太多的光，也不會由一般的表面反射多少光線，只有那些於光有利的表面能產生折射和反射作用。因此你所看到的便是一個閃亮亮的影像和半透明體的燦爛外表——一種光的輪廓。換成玻璃盒就不像鑽石匣子那般燦爛奪目，看得那般清楚，因爲它的折射和反射較少。明白了嗎？從某些特定的觀察點，你可以清清楚楚地徹底看穿它。某些種類的玻璃會比一箱窗玻璃更亮，因爲它幾乎不吸收任何光，反射和折射的也極少。而若是你將一片普通的潔淨玻璃放進水裡，甚至放進某種濃度比水高的液體內，它就幾乎完全消失蹤影，因爲穿過水中照在玻璃上的光所造成的折射、反射，或任何形式的實際影響，其實都微乎其微。它差不多就像一陣漏溢的煤氣或空氣中的氫一般，根本看不見。箇中道理是一樣的！」

「不錯！」坎普說：「極說得通。」

「你再聽聽另一條主張，就會知道那也是眞的。要是一片玻璃被打得粉碎，坎普，當它飄散在空中時，會比原來更清晰可見；最後、它變成一堆不透光的白色粉末。這是因爲這許許多多粉末促使折射與反射發生的介面增加。一片玻璃只有兩個表面；而在粉末中，光線通過每顆微粒，都會被折射或反射回來，只有極少數直接穿透粉末。但假使把純淨的粉末狀玻璃放進水裡，它便從此消失不見了。粉末狀玻璃與水的折射率近似；換句話說，光通過玻璃照到水、或通過水照到玻璃時，經歷的反射或折射作用極少。

「藉著把玻璃放入折射率非常相近的液體中，可以使人看不見玻璃；一件透明的東西放在任何折射率差不多相等的介質裡，就會變得看不見。只要你肯仔細考慮一秒鐘就好，便會明瞭倘若能把粉狀玻璃的折射率弄得和空氣一樣，那麼它也能夠在空氣中消失於無形；因爲如此一來，光通過玻璃接觸空氣時，就不會產生任何折射或反射。」

「對，對！」坎普說：「但人並不是粉狀玻璃啊！」

「不是。」葛立芬回答：「人更透明！」

「胡說！」

「身爲醫生竟如此說！人是多麼善忘啊！莫非在這十年間，你已經把你的物理學忘光啦？只消想想所有看似不透明，其實卻透明的東西。好比說，紙張是由透明的纖維組成的，而它之所以是不透明的白色物體，道理和玻璃粉末是白色的不透明物完全相同。不光是紙，還有棉纖維、亞麻纖維、羊毛纖維、木頭纖維；以及骨頭，坎普；肌肉，坎普；毛髮，坎普；指甲和神經，坎普；事實上，除了血液的紅色素和毛髮的黑色素，整個人體的結構都是由無色的透明組織組成的。說起來，促使我們互相看得見的要素其實少之又少；因爲構成生物的纖維中，絕大多數的透光性都不比水差。」

「天哪！」坎普驚呼：「當然，當然！昨晚我才想到海洋裡的幼態期動物和水母哩！」

「現在你有我可供思考啦！那一切是我在離開倫敦一年後——即六年前——便懂得並一直記在心底的。不過我始終沒對別人透露過。我必須在萬分不利的情況下進行我的研究。我的教授奧利佛是個科學暴發戶，一個天生的無冕王，概念的剽竊者——他隨時隨地都在窺探！而科學界的欺詐體系你也很清楚。我反正絕不對外發表，以免他分享我的榮耀。我繼續不斷研究，腦中的構思愈來愈接近一個實驗，一項事實。我沒有對任何活人吐露這件事情；因爲我打算以石破天驚的效果，突如其來地向世人公布我所做的事——我要一舉成名。我開始鑽研色素問題，好塡補某些特定的破綻。忽然間，我偶然（而非出於計劃）在生理學上得到一個發現。」

「哦？」

「你曉得血液的紅顏色——可以弄成白的——沒有顏色——而仍舊維持所有的現有功能！」

坎普不敢置信地驚呼一聲。

隱形人站起來，開始在小書房裡踱方步，「難怪你會尖叫。我還記得那一晚。時間是深夜——白天裡，那些目瞪口呆的蠢學生足以帶來不少困擾——而當時，我偶爾會一直工作到黎明。那發現出其不意、絕妙而完整地闖進我的腦海。我獨自一人；實驗室裡安靜無聲，高高的光源靜靜投下耀眼的光亮。在我所有的重要時刻，我都是獨自一人。『一個人可以把一隻動物——一個組織——變成透明！一個人可以把它變不見！我的全身上下——除了色素——都可以變得看不見！』我自言自語，突然間省悟到擁有這項知識對一個白化症者的意義。思緒如排山倒海而來。我擱下正在進行的過濾工作，走到大窗口眺望星辰。『我可以變得看不見！』我再次低呼。

「完成這件事將不只是奇蹟足以形容。我看著（不見一絲疑慮的陰影遮蔽）所有隱形可能帶給人類的意義——神秘、力量、自由——所形成的偉大幻象。我沒看見任何瑕疵。你想想，只消想想！我，一個窮困潦倒、落魄寒酸、情感封閉，在某所地方學院教些蠢材的人，可以突然變成——這樣。我問你，坎普，換作是你——換作任何人，坎普，都會熱心投入這項研究。我工作三年；每當好不容易地辛苦爬過一座艱險的高峰，又會在峰頂望見另一座。無窮無盡的細節呵！還有激憤——一名教授，當地教授，老是在打聽。『你什麼時候會發表這項工作的成果？』是他永遠不變的問題。此外就是學生，見識短淺的庸碌之材！這種生涯我捱了三年——

「在度過三年保密且憤怒的生活後，我發現要完成它是不可能——不可能的。」

「怎麼會呢？」坎普問。

「錢。」隱形人說著，再度走到窗口向外瞭望。

他猛轉過身來，「我搶了老頭子——搶了家父的錢。

「那筆錢不是他的；他舉槍自盡了。」

第二十章・波特蘭大街之屋

坎普一時沈默無語，坐在那兒呆望著窗口的無頭人。這時一個念頭閃過，他凜然一驚，站起來，握住隱形人的手臂，把眺望窗外的他的身體扳向室內。

「你累了！」他說：「當我坐著時，你一直走來走去，我的椅子讓你坐。」

葛立芬默默地坐了一會兒，又忽然重拾話題——

「發生那件事時，」他敘述：「我已經離開契索斯托的小屋了。這是去年十二月的事。我在倫敦租了個房間；一個位於波特蘭大街附近某貧民區內、一棟經營不善的大寄宿舍中未經裝修的大房間。房間裏很快就充滿了我用他的錢買來的電氣用具；研究工作持續順利而穩定地進行，漸漸趨向結束。我就像個從灌木叢裏冒出來的人，突然遇上某齣空洞的悲劇。我逐漸忘了他。我的心思依然貫注在我的研究上，不曾爲挽救他的名譽做任何嘗試。我記得那場葬禮：廉價的靈車，因陋就簡的儀式，天寒地凍的多風山坡，還有那個爲他誦讀祈禱文的大學老友——一個衣著寒酸、面容愁慘、彎腰駝背、感冒流鼻涕的老頭兒。

「我記得步行經過曾是一座村莊，如今已被偷工減料的營造商東一塊、西一塊胡搞成某個城鎮的醜陋翻版的地方回家。條條馬路最後都通到荒蕪的田地，在瓦礫堆和茂盛、溼潤的雜草叢間畫下終點。我記得自己是個裹著黑衣的枯瘦男子，沿著磨亮的光滑人行道走著，還有那股因那地方卑劣的聲名、下流的商業精神而感受到的奇異疏離感。

「我一點都不爲家父感到難過。在我的心目中，他彷彿是他自己那愚蠢的多愁善感下的犧牲者。時下盛行的道學八股規定我必須出席他的葬禮，但那眞的不關我的事。

「只是，當我沿著大道行走時，往日生活卻瞬間湧回我的腦海。因爲我遇見了已經認識十年的女孩；我們四目相交。「某種因素促使我回頭與她交談。她是一個非常平凡的人。

「舊地重遊，一切恰似夢一場。當時我並不覺得自己孤獨，覺得自己脫離塵世而投入一片荒蕪的地方。我察覺自己已喪失了同情心，將同情視爲一般空洞無聊的名詞。重踏入自己的房間，感覺就像回歸現實。房裏有我瞭解而深愛的東西。各項用具齊備，實驗都已排定，只等著完成。現在除了各項細節的計畫外，幾乎不剩什麼困難了。

「坎普，我遲早會把所有複雜的過程全告訴你，此刻我們用不著深入那個話題。除了幾段我選擇記在腦海的留白外，它們大半都被以密碼記錄在那幾本被流浪漢藏起來的本子裏了。我們必須找到這個人，不達目的絕不罷休。我們將拿回那些本子。但基本要件是鎖定一件折射率低於某種輕微振動的兩個放射中心間的透明物體。關於這個，我以後會對你做更詳盡的說明。不，不是那些X光振動——我不曉得人家是怎麼形容那些東西的。不過它們夠明白的了。我需要兩部小型發電機，而我靠著一部廉價的內燃機來使它們運轉。我第一次實驗的材料是一小塊白色毛布。看到它潔白而柔軟地存在於閃爍的微光中，然後看著它像煙圈般逐漸褪色、消逝，眞是世上最奇特的事了。我眞不敢相信自己辦到了。我把手伸進那空空如也之處，碰觸到的卻是和原來一樣實實在在的東西。我笨手笨腳地摸來摸去，把它撞落在地，費了一會兒工夫才又找到。

「這時，一項奇異的經驗降臨了。我聽到背後『瞄！』的一聲，轉過頭去，只見窗外的水槽蓋上有隻瘦巴巴、髒得要命的白貓。一個念頭闖進我的腦海。『萬事俱備。』我自言自語，走到窗口，打開窗戶，柔聲叫喚。那隻貓『咪嗚！咪嗚！』地跑進來——那可憐的畜牲餓壞啦——我倒些牛奶給牠喝。我所有的食物都存放在房間角落的一座食櫥裏。舔完牛奶，牠繞著房間，到處嗅來嗅去——顯然有意以此爲家。那團隱形的唏哩呼嚕的模樣！不過，我讓牠舒舒服服地窩在我那矮床的枕頭上，還給了牠奶油吃，以便將牠捉來脫色。」

「而你對牠進行了特殊處理？」

「我是處理牠了。不過，要想痲醉一隻貓，可不是件開玩笑的事啊，那套程序失敗了。」

「失敗！」

「在兩個特殊的部分：貓的爪子和貓眼後面那——那叫什麼來著的色素層——你曉得吧？」

「虹彩狀眼球脈絡膜。」

「對，眼球脈絡膜。它沒有消失。我先施加漂白血液的原料，對牠進行某些特定的步驟，讓那畜牲吸食了鴉片，把牠連同牠枕著睡覺的枕頭一併放到儀器裝置上。在其他所有部位都褪色、消失後，依然留下兩顆眼睛的小小陰影。」

「詭異！」

「我無法解釋。當然啦！牠的身體已被用繃帶綁妥並夾住，因此我可以安全無虞地保有牠。但牠正好就在還依稀可見的狀態下醒來，驚慌地瞄瞄亂叫。而同時又有人來敲門；那是一個住在樓下、懷疑我在從事活體解剖的老太婆——一個渾身溼透、整個世界只關心一隻白貓的老女人。我迅速取出一些哥羅芳（譯按：痲醉劑）施用，然後前去應門。『我是不是聽到貓叫？』她問：『我的貓？』『不在這裏。』我彬彬有禮地回答。她有點懷疑，試圖從我身旁的縫隙往室內張望；她若完全不懷疑才更奇怪哩——光禿禿的四壁、沒裝窗簾的窗子、小矮林和撲撲振動的內燃機、幅射點的擾動，以及空氣中隱約刺鼻的淡淡哥羅芳味。最後，她只得滿意地轉身離去。」

「花了多久時間？」坎普問。

「三或四個小時——那隻貓。骨頭、肌腱和脂肪是最後消失的，還有有色毛髮的毛尖。而，正如我所說的，眼睛後面那堅韌的虹彩物質根本沒褪色。

「整個事情還未告一段落之前好久，外面的天色就已經黑了，除了那對朦朦朧朧的眼珠和若隱若現的腳爪之外什麼都看不見。我關掉內燃機，摸到那隻還昏迷不醒的小動物，輕撫牠的毛，然後疲倦的我便任由牠睡在隱形的枕頭上，逕自上床睡覺。我輾轉難眠，清清醒醒地躺在林上想著茫無目標的薄弱思想，一遍又一遍反省那個實驗，或者狂熱地夢想著周遭的東西愈來愈模糊，終於消失，直到一切事物、我所駐足的土地都消失不見了，於是懨懨無力地陷入夢魘。大約兩點鐘左右，那隻貓開始在房間裏到處瞄瞄叫。我先試著對牠說話，好讓牠安靜下來，而後又決定乾脆把牠趕出去。我還記得當自己「啪！」地打開某盞電燈後，嚇了多大一跳。偌大的房間裏，只見一對圓滾滾的眼珠閃耀著綠光——而周圍渾然不見他物。我本想讓牠喝點牛奶，可是家裏一滴也不剩了。牠怎麼也不肯安靜，只顧對著房門瞄瞄叫。我懷著把牠放到窗外的念頭，努力想捉住牠。但牠不肯任人捕捉，一下就消失了。接著她開始在房間裏的各個角落瞄個不停。末了我打開窗戶，亂趕亂忙一通。最後牠大概是跑出去了吧！從此以後，我也不曾再見到牠了。

「然後——天曉得為什麼——我再度想起父親的葬禮，想起那淒涼多風的山坡，直到白天來臨。我發現，要讓自己睡著是沒指望了，於是踏出房間，鎖了門，在清晨的街道上漫步。」

「你該不會是說有隻隱形貓在自由自在地到處亂跑吧！」坎普驚呼。

「假使牠沒被殺死的話。」隱形人反問：「有何不可？」

「有何不可？」坎普說：「我不是故意打岔。」

「牠很可能已經喪命了。」隱形人表示：「我知道四天以後牠仍活著，而且在提奇菲爾大街上發出刺耳的叫聲；因為我看見一群人圍住那個地方，努力想看清那瞄瞄叫是從哪裏發出的。」

他沈默了將近一分鐘，然後毫無徵兆地突然繼續往下談——

「變化發生之前的那個早晨，至今仍深深印在我的腦海。我一定是跑到波特蘭大街上去過。我記得奧爾班尼街上的兵營，以及從兵營出來的騎兵們，最後我發現自己坐在櫻草山山頂的陽光下，感覺非常難受、非常奇怪。那是一個晴朗的正月天——一個屬於在雪季之前來到那有著陽光的嚴寒日子當中的一天。我疲憊的腦筋試著確切地提出見解，規劃出行動方案。

「我驚訝地發現，此刻已經成功在望的我，達到最終目標的可能看起來是多麼不確定。事實上我已耗盡心力；將近四年持續不斷努力的緊張壓力，使我不復擁有一絲感覺得到的力氣。我懶洋洋地提不起勁來；縱然嘗試恢復剛開始研究時那股強烈的興致，那股促使我連害得父親臨老聲名不保的事都做得出來的熱情。結果還是沒用；一切彷彿都無關緊要。我心裏十分清楚，這是種因操勞過度，加上缺乏睡眠而引起的短暫情緒，很可能也許只要服個藥或休息一下，馬上就能恢復我的幹勁。

「我唯一能夠清楚思考的就是那件事情非得完成不可——那固執的妄想依舊支配著我——而且速度要快，因爲我那筆錢已經快耗光了。我環顧孩童嬉戲、少女們一旁觀看的山坡，絞著腦汁，想像一個隱形人在這世上所能得到的所有瘋狂的好處。一段時間之後我踽踽返家，吃點食物，服下一劑藥性強烈的番木鼈鹼，和衣躺在凌亂的床鋪上入眠。番木鼈鹼用在去除人的軟弱方面，坎普，是種了不起的特效藥。」

「它是邪惡的東西，」坎普表示：「是裝在瓶子裏的舊石器時代的藥品。」〈譯按．番木鼈鹼具有強烈的毒性。〉

「我精神百倍、焦躁難耐地醒來。你曉得吧？」

「那玩意兒我瞭解？」

「有人在敲門。是我那帶著威脅和質問而來的房東，一個穿著灰色長大衣和乳白色拖鞋的猶太裔波蘭人。他確信，昨晚我一直在虐待一隻貓——那老太婆的舌根嚼得可眞勤。他堅持要瞭解全盤經過。本地對於活體解剖的處理法規非常嚴厲——他害怕擔負責任。我否認貓的事情。其次，整棟屋子裏的人都可以感受到那部小內燃機的振動，他說。的確，這倒是眞的。他從我身旁側身擠進房裏，拉低他的德國製銀邊眼鏡東看看、西瞧瞧。我的心底突然竄起一股懼意，深怕他可能帶來某件和我的秘密相關的東西。我盡可能擋在被我集中擺置的各種儀器中，結果只是讓他更好奇。我在從事什麼工作？為什麼老是自己一個人神秘兮兮的？這事是合法的嗎？有沒有危險性？我付的可不過是一般的租金而已哩！他的屋子一向是名譽最好的——在這聲名狼藉的地區。突然間，我怒氣大作，叫他滾出去。他開口抗議，嘰哩咕嚕地聲言他有權進入房間。我快如閃電般揪住他的衣領；不知是哈被我扯破了，他像顆陀螺似的一路從我的房間轉到他的走廊上。我砰地一聲關上房門，上了鎖，坐下來猛打顫。

「他在門外小題大作地囉嗦個不停，我不加理會。經過一陣子，他就自動走開了。

「但這使整個事態陷入危機。我不知道他會採取什麼行動，甚至有能力採取什麼行動。搬個新居意味著將會拖延進度；我在這世上總共才剩下二十鎊——其中大部分存在某家銀行——我負擔不起那個錢。消失！是無法抗拒的定數。接下來將是一項調查，在我房裏大肆搜索——

「一想到我的研究很可能在漸達頂點之際被人揭發或是打斷，我就變得怒氣沖沖，態度積極。我匆匆帶著三本筆記和我的支票簿出門——現在它們都在那個流浪漢手上——把它們由最近的郵局投遞到波特蘭大街一幢領取包裹和信件的房屋。出門時，我盡可能不發出半點聲音。進屋後，我發現房東正悄悄上樓。大概是聽到關門聲了吧！你若是看到他在駐腳台上發現我從背後衝上去時，慌得趕緊往旁邊跳的德性，準會被逗得哈哈大笑。他眼睜睜瞅著我從他的身旁錯身而過，只能乾瞪眼。進了房間後我用力慣上房門，把整棟房子震得直顫。我聽見有人拖著腳步來到我這層樓，躊躇一陣，又下樓去了。於是，我開始著手自己的準備工作。

「到了當晚，一切作業都已完成。正當我還在那血液去色劑的影響下昏昏倦倦，帶著噁心感坐在房裏時，門口響起一陣反反覆覆的敲門聲。聲音終止，腳步聲去而復返，繼續敲將起來。有人企圖從門下塞個東西進來——是張藍紙。我一時心頭火起，走過去，霍然敞開房門。『又怎麼啦？』我問。是房東，手裏拿著一張逐客令之類的東西站在那兒。他把那張通知遞給我。大約是看到我的手有點古怪吧——我想——又抬起眼睛，望向我的臉。

「一時之間，他呆張著嘴，然後發出一聲含糊不清的哀號，跌跌撞撞地望樓梯方向奔過陰暗的走廊。我關緊房門，鎖了它，走到鏡子前方。這會兒我曉得他爲何那麼驚怖了。我的臉是白的——像白玉一般的白。

「太可怕了！我原先沒料到會這麼慘。一整夜極度痛苦、嚬心，和虛弱。我咬緊牙關，儘管不一會兒皮膚便熱辣辣地如同著了火，整個身體也著了火，仍舊像死一般動也不動地躺在那兒。這時我終於明瞭在我用哥羅芳將那隻貓迷昏以前，牠爲什麼唉唉叫個不停了。幸好我是沒人理、沒人管，獨居在這個房間裏。好幾次我啜泣、呻吟、自言自語，卻始終堅持下去。我漸漸失去知覺，最後在黑暗中渾身乏力地醒來。

「痛苦已經過去。我想這是在自殺，但我不在乎。我永遠也忘不了那個黎明，還有那種目睹自己雙手變得像模糊了的玻璃，看著它們隨著時間愈變越剔透、越稀薄，終至雖然閉上透明的眼皮還可以穿透它們，看到滿室凌亂的奇異恐怖感。我的四肢變得像玻璃般，骨頭和動脈都褪色、消失了，最後細小的白色神經也不復可見。終於，我全身上下只剩下淡淡的白色指甲尖和某種酸性化學藥劑沾染在指甲上的棕色痕跡殘留下來。

「我掙扎起立。最初我就像個繈褓中的嬰兒般無能爲力——用我看不到的肢體舉步行走。我體力虛弱，肚子又餓得慌。我走到修面鏡前仔細凝視；除了視網膜後方一點稀稀薄薄、比霧氣還淡的色素之外，什麼也看不見。我不得不靠在桌子後面，把額頭貼到鏡面上。

「若非憑仗一股激昂的意志力，我根本不可能拖著無力的身體回到儀器旁，完成整套程序。

「上午，我把棉被拉到臉部蓋住眼睛，隔絕光線，睡了一下。然而，到了中午左右，又被一陣敲門聲吵醒。我的體力已經重返身上。我翻身坐起，豎耳傾聽，聽到一陣竊竊私語，於是連忙一躍而起，盡可能無聲無息地開始拆開各部器具間的連繫，把它們分散在房間各處，以摧毀原先擺置所可能引起的揣測。不一會兒，敲門聲再度響起，有人在門外大喊；先是房東，而後是另外兩人。爲了拖延時間，我答了腔。我把那隱形碎布和枕頭拿在手中，打開窗戶，把它們丟到水槽蓋上。窗戶開啓的同時，門口也響起一記劇烈的撞擊聲，已經有人懷著砸壞門鎖的主意拚命撞門。但幾天前我才用螺絲釘釘上去的那幾副堅固的門閂阻止了他。那人的舉動嚇了我一大跳，也惹得我冒了火。我開始邊發抖，邊匆匆忙忙做我該做的事。

「我把一些零散的紙張、麥稈、座談會紙……等等全扔到房間中央，打開瓦斯。重重的拳頭開始如驟雨般落在門上。我遍尋不著火柴，氣得猛捶牆。於是又把瓦斯關小，跨出窗外，踏在水槽蓋上，輕手輕腳地放下窗框，安安穩穩坐下來；沒人看得見，只是氣得直打哆嗦，觀望後續的發展。我看見他們破開一塊門板，才不過一眨眼工夫又已拔除門閂的U型大釘，站在敞開的門口。來人是房東和他的兩名繼子——二十三、四歲左右的碩壯青年。在他們身後，一個醜老太婆危危顫顫地從樓下走上來。

「你可以想像當他們發現房裏空無一人時神情有多詫異。兩名青年當中的一個立即衝到窗口，推起窗框，探頭向外張望。他那目不轉睛的雙眼和留著鬍子、長著厚唇的臉孔伸到與我的臉相距只有一呎的地方。我稍稍興起迎頭痛毆他那張蠢臉的念頭，但終究還是克制住了緊握的拳頭。他的視線直接穿透我，其他幾個隨後湊上前來的傢伙也一樣。老頭子走過去，往床底下伸長脖子細看一番，接下來大家又齊往食櫥衝過去。最後這些人不得不操著滿口猶太腔和倫敦腔英語，七嘴八舌地爭辯起來。結論是，我並沒有答他們的話，剛剛大家是受幻想力所騙。當我坐在窗外看著那四人——因爲老太婆也走了進來，兩眼像隻貓般疑神疑鬼地東瞟瞟西瞟瞟，試圖解開我的行爲之謎——一股無比的興奮突然取代了怒氣。

「就我對那老頭所使用之方言的瞭解，他同意老太婆的看法，認爲我是個從事活體解剖者。他兩名年輕人則以半調子英語提出反對意見，認定我是一名電機師，並以發電機和輻射器爲證。他們顯然惴惴不安地提防我進入房間；儘管我發現他們早已把前門閂上了。老太婆床下、食櫥仔細瞧過了，兩名青年推起屋頂的通風裝置，還往煙囪裏瞧上半天。一名和我同樣賃居此處、在肉販對門的流動菜販出現在樓梯頂上，被叫進來聽那四個人七嘴八舌地告訴他一些雜亂無章的事。

「我忽然想到那些輻射器。萬一它們落入某個觸覺敏銳、又受過高等教育的人士手中，我的秘密恐怕就保不住啦！於是我覷個機會闖進房間，用其中一部小輻射器去使勁兒打落另一部，把兩部都給砸毀；然後趁著他們還在努力為這場碰撞找個解釋時，溜出房間，放輕腳步下樓。

「我走到幾間起居室中的一間，靜候到他們下樓。這群人依舊各執一詞，個個都在猜測，而且全都對沒能找到『恐怖的東西』感到有點失望，同時對要如何看待覺得有些迷惘。這時我又悄悄拿著一盒火柴溜上樓，把房裏那堆紙張和垃圾點燃，椅子和寢具都拖到附近，藉助天然橡膠管，把瓦斯引到起火點，揮揮手，永遠告別那個房間。」

「你燒了那棟房子！」坎普驚呼。

「燒了那棟房子。這是唯一可以替我湮滅證據的辦法——而且無疑十分保險。我悄悄拔掉大門門閂，走到街上。我是肉眼看不見的，而且才剛剛開始體會到隱身帶給我的無比好處。我的腦海裏已經塞滿許多計畫；計劃去做各種如今我可以毫髮無損而完成的瘋狂、驚人之事。」

第二十一章・牛津街頭

「在下樓梯時，我首次發現一項意料之外的麻煩，因爲我看不到自己的腳；事實上，我連絆了兩跤，要握住門閂時動作也笨拙得離譜。然而，在儘量不低頭往下看的情況下，我仍舊走得還算可以。

「我的心情，嘿，眞是志得意滿。我就像盲人城中的一個明眼人，對那一雙雙拖著沈重步伐和滿街無聲無息的服裝感到同情，心中有股很想作弄別人的衝動：去嚇他們一嚇，從背後拍拍別人，把他們的帽子甩開，一心一意沈醉在自己無可比擬的優勢中。

「可惜我人還未走到波特蘭大街（我寄宿的宿舍離那條街上的一家大型布店極近），便聽到一陣衝撞聲，背後也被重重撞了一下。扭頭一看，只見有個男子抱著一籃吸管，正目瞪口呆地盯著那籃子看。儘管這一撞著實撞得我好痛，可是一瞧見那人錯愕的德行，不由得我忍不住破口大笑起來。「籃子裏有鬼哩！」我嘴裏說著，突然伸手硬將他手中的籃子奪走。他不由自主地鬆開手，於是我整個重力全拋到了半空中。

「但一名站在某些酒館外的笨車夫卻忽然大步衝過來，伸出手指猛力一抓，抓住我的耳朵下方。那股疼痛不下於遭受嚴刑拷打。我用力一撞，車夫的五指鬆了開來。接下來，在我周遭一呎左右便充滿了劈哩啪啦、喊叫喧嘩。人們紛紛從店舖擁出，交通工具無不停止下來。我終於醒悟我給自己找了啥麻煩，一面咒罵自己是蠢蛋，一面背抵著一家商店的櫥窗，準備從這場混亂中偷偷開溜。要不了一會兒我就會被擠入人群中，而且無可避免地將被人發現。我擠過一名肉店小廝身旁，潛至那車夫的四輪馬車後。幸運的是那小廝並未回頭，看見一把將他推開的是個不存在的東西。我不曉得他們是怎麼解決那事情的。我急急忙忙直接過了馬路；千幸萬幸，這會兒正是暢行無阻。經過剛剛那樁意外，唯恐被人發現的我，已經捨棄原來的道路，投身於牛津街的午後的人群之中。

「我企圖溶入川流不息的人潮，但是行人一個挨著一個，轉眼間就有人踩了我的腳後跟。我走到水溝旁，粗糙的溝堤刮得我腳很痛。緊接著，一部徐徐前進的雙座小馬車轅桿又猛烈撞入我的肩胛骨下方，令我想起自己已經嚴重瘀傷。我踉踉蹌蹌地讓給馬車通過，緊急跳開，避過一輛嬰兒車，發現自己正落在小馬車後方。一個幸運的念頭省掉我許多麻煩；趁著小馬車行進徐緩的好機會，我亦步亦趨地緊跟著它，一面顫抖，一面對自己這番歷險的轉機感到驚愕。其實不只是顫抖，根本是不寒而慄。那是個晴朗的一月天，覆蓋在路面上的薄薄濕泥冰冷無比，而我全身上下一絲不掛。此時我覺得自己真是蠢，竟沒想到不管透明與否，我還是得乖乖順從天氣和它所有影響的考驗。

「忽然間有個妙主意闖進我的腦海。我拐個彎鑽進車廂，就這樣，打著冷顫，擔驚受怕，帶著感冒的第一份通告猛吸鼻子，背上那些小小瘀腫愈來愈感覺到痛。馬車沿著牛津街徐徐行進，經過塔坦漢宮廷大道。可以想像，我的心情和出發時大不相同。隱形，真要命！我整個腦海只盤據著一個念頭——如何脫離目前陷入的窘境。

「我們緩緩通過穆迪站。一名手拿五、六本貼著黃標籤書本的高挑婦人正招手叫車，我趕緊跳下車，免得被她撞倒。在間不容隙的逃逸行動中，和某部鐵路貨車碰了一下。我匆匆奔離鐵道，來到布倫斯貝利廣場❶，打算通過博物館逕往北走，以便進入寧靜的一區。這時我全身冷得受不了，處境又奇異得讓我失去鎮定！以致邊跑邊喃喃低語。在廣場的北邊角落，有條小白狗從

❶ 布倫斯貝利（Bloomsbury）：倫敦之一文化住宅區。

藥劑會辦公處跑出來，低下鼻子，不斷朝我飛奔。

「以前我從未了解到這種事，但針對狗的悟力而言，牠們的鼻子就像明眼人的眼睛之於人的領悟力一樣。正如人靠影像察覺到某人的移動，狗靠的是人的氣味。這畜牲開始吠叫、跳躍，表現出在我看來就像完完全全曉得我在那裏的行爲。我穿越羅素大街，邊跑邊回頭望，直到沿著蒙特古街跑了一段路後，才注意到自己正往哪個方向奔跑。

「接著我聽到一陣嘹亮的音樂聲，看到爲數衆多的拿衆穿著紅襯衫、行伍前方高舉醒目的救世軍❷旗幟走出羅素廣場。這樣一大群在馬路上高聲歌詠和在人行道旁嘲笑的觀衆，讓我根本無從滲入其中，又害怕走回頭路會離家越來越遠；一時興起，做了個決定，跑上一幢面對博物館圍欄的房屋臺階，站在那兒等著群衆通過再說。幸好那條狗聽到嘈雜的音樂聲之後也停止奔跑，猶豫一下，轉身又跑回布倫斯貝利廣場去了。

「隊伍邊走邊大喊大叫，渾然不覺嘴裏嚷著的『何時才見他容顏？』這樣的讚美詩存有反諷

---

❷救世軍：西元一八六五年由威廉．布斯創立於英國的宗教性組織。（譯按：基督教徒信仰耶穌爲救世主。）

的意味。在人潮打我身旁的人行道擁過之前，我感覺時間好像中止了。鼕，鼕，鼕，鼓聲伴著震動的共鳴衝入耳膜。我一時沒有注意到有兩個衣衫襤褸的窮孩子逗留在我身旁的欄杆邊。『你看！』其中一個孩子說。『看什麼？』另外那個問。『爲什麼——那些腳印——是打赤腳的，就像你在泥地裏留下的一樣。』

「低下頭，看見兩個少年站在那裏，望著我在剛剛粉刷潔白的臺階上留下的腳印目瞪口呆。行經該處的人們推擠著他倆，但這兩個孩子困惑的聰明才智已經全投注在這上頭了。『鼕，鼕，鼕，何時，鼕，才見，鼕，他容顏，鼕，鼕。』『一定是有個打赤腳的人上過這臺階，否則我就不知道該怎麼解釋了。』一個男孩說：『而且他一直沒再下來；同時，他的腳在流血。』

「密集的人群已經通過。『看看那邊，泰德。』兩名小偵探當中較小的那個機警地嚷著，直指我的雙腳，語氣中充滿了驚訝。我低頭一看，馬上就發現濺在腳下的泥痕隱隱約約勾繪出雙腳的輪廓。剎那間，我渾身癱瘓無力。

「『咦，是酒漬！』較大的那個回答：『潑濺的酒漬！看起來眞像一隻腳的樣子，對不？』他遲疑一下，伸長了手走過來。一名男子猛煞住腳步，觀看他在捉什麼；接著一個女孩也停下來旁觀。他馬上就要碰著我了。這會兒我曉得該怎麼辦啦！我跨出一步。男孩失聲尖叫，趕緊往後退。我迅速翻過圍牆，進了隔壁家的迴廊。但年紀較小的那個男孩眼睛可眞尖，視線飛快隨著我的行動轉移。在我還來不及跑到臺階的最底下一個衝到人行道上以前，他已從短暫的錯愕中回過神來，高喊：那雙腳已經翻過牆啦！

「他們繞過前庭衝上來，看見我剛剛踩在底下幾格臺階和人行道上的新腳印。『怎麼回事？』有人在問。『腳！看！有雙腳印在跑！』除了原先的三名追兵，路上所有行人都一波波跟隨救世軍向前湧。

「這浩浩蕩蕩的陣容不僅阻礙了我的逃逸，也防礙到他們的追逐。街上颷起一陣驚訝與詢問的旋風。我不惜讓某個青年大吃一驚，硬是擠了過去，不一會兒便繞著羅素廣場外圍飛也似地狂奔起來，後面還有六、七名驚詫的人士循著我的足印追趕。我無暇爲自己解釋，否則馬上整大隊人馬都要追上我啦！

「我兩度繞過急轉彎。這時，由於我的雙腳灼熱、乾燥，潮濕的足痕也開始漸漸消逝。終於，我獲得一點喘息的空隙。關於這場追逐，我看到的最後一幕是：一小群約莫十來個左右的人正帶著無限困惑，研究一個留在塔維斯塔克廣場上、正緩緩乾掉的腳印——一個在他們眼中恰似在人跡罕至處被發現的克羅索❸般孤零零、令人費解的腳印。

「這場奔跑使我全身暖和不少，我懷著更大的勇氣，繼續奔走於如迷宮般交錯於這一帶的各條交通較不煩忙的道路上。我的背十分僵硬、酸痛，扁桃腺被早先那車夫的手指掐得極痛，頸部皮膚也被他的指甲抓破了；我的雙腳疼得厲害，其中一隻腳上有道小傷口，走起路來一拐一拐的。我及時看到一個盲人朝我走來，我深怕被他敏銳的直覺覺察到，趕緊跛著腳逃之夭夭。一路上偶發生一、兩次意外的碰撞，我破口便罵，讓那些人在對於耳邊的聲音解釋不出個所以然的情況下，感到無限驚訝。這時某樣東西靜悄悄地輕拂上我的臉龐，廣場的另一頭緩緩飄下雪花，形成薄薄的紗布。我著了涼，雖然竭力克制，偶爾還是會忍不住打個噴嚏。眼中所見到的每條狗的鼻子都對準了方向，好奇地嗅來嗅去，著實令我心生畏懼。

「這時大人、小孩紛紛跑到街上，先是一個，後來是一大堆，邊跑邊大喊大叫。是火災！他們朝著我的寄宿處方向奔去。我回頭隔街遠望，看見一大團黑煙自屋頂和電話線上方不斷向上竄。燃燒中的是我的寄宿處；我的衣服、我的儀器，事實上是除了在波特蘭大街等著我的支票簿

❸《魯賓遜漂流記》主角魯賓遜・克羅索。

和那三本日誌外，我所有的財物都在那棟房子裏。燃燒！我燒斷了自己的退路——天底下不曾見過這等人！那地方烈焰熊熊。」

隱形人躊躇沈思。

坎普緊張兮兮地瞄向窗外。

「是嗎？」他說：「繼續往下說啊！」

第二十二章・百貨商行

「已是正月底，周遭開始有了暴風雪的前兆——萬一雪落在我身上，一定會洩露我的秘密——於是疲憊、痛苦，說不出有多麼淒慘，對自己隱形的特性已不復存在多少自信的我，開始展開這段作繭自縛的新生活。我沒有藏身之處，沒有用品、器具，天下之大，更沒有一個我可以百分之百信賴的人。一旦說出秘密，必定會對自己造成不利——只會平白暴露自己的不尋常。然而，我是有點想要放膽向某個過路人搭訕，請求對方大發慈悲。但我太清楚一旦主動示好，將會招致何等恐怖、殘酷的虐待。我在街上走一遭，什麼計畫也沒擬。我唯一的目標僅僅是找個能夠躲雪的地方，能夠穿上衣物保暖；如此一來，我才可能有做計畫的希望。但即使對我這樣一個隱形人而言，排排羅列的倫敦房屋依舊是門閂、鐵條、彈簧鎖，防備森嚴、難以侵入的禁地。

「我清楚看出擺在我眼前的事只有一件：暴露於寒冷中，暴風雪的欺凌，還有夜晚將至。

「這時我想到一個妙主意。我折入由高爾街通往塔坦漢宮廷路之間的道路，來到萬物商場外；一棟什麼東西都能買得到的大建築——你曉得那個地方——肉類、雜貨、布料、家具、服裝，甚至油畫——一個與其說是一家商店，不如說是個大型商店聚集處的地方。我原以爲來到這裡，各個出入口必然是敞開的，沒想到每一扇門都關著。正當我站在寬敞的入口，一部轎式大馬車在門外停了下來，有名身著制服的男子——你知道，就是那種帽子上繡著『萬物』字樣的人——飛快地打開大門。我設法闖了進去。下了階梯就見店鋪——是個販賣緞帶、手套、襪子之類等等的部門——來到一處專賣野餐籃和柳條編家具的寬濶賣場。

「可是在那地方我覺得不安全。人們來來往往，我一直焦慮不安地到處徘徊，最後到達樓上一個陳列著各式各樣床架的大區域；這才終於在一大堆摺疊絨毛床墊之間找到一個休息處。這個地方已經開了燈，感覺頗爲舒適、溫暖。我決定繼續留在那裏，隨時留意那兩、三組店員，和漫步經過該區的顧客，直到打烊時候到了。我想，到時我就該可以在裏頭大肆搜刮，盜取食物和服裝，喬裝改扮，潛行整座商場並檢視它的助力，或許還能在某組寢具上睡上一覺。那似乎是個還算不錯的計畫。我的主意是找些衣物把自己包裹得像個差不多的樣子，拿了錢，到寄存郵件處去領回正等著我的簿本和包裹，再前往某處找個房間租住，精心計劃如何徹底認識隱形究竟爲我帶來哪些比同胞們更佔上風的優勢（因爲我依然如此幻想）。

「打烊時間很快就到了；在我擇定休息位置不到一個鐘頭後，便注意到各窗口的簾幕都被拉下，顧客們紛紛往大門方向走。接下來，好幾名手腳俐落的年輕人便敏捷地將被弄亂的貨品理整齊。在大批客人減少後，我離開原來的巢穴，小心翼翼地潛行到商場內比較不那麼冷清的地方。那一天，我萬分驚訝地注意到那些青年男女抽取展示貨品的速度有多麼神速。所有貨物的包裝盒、懸掛布料、蕾絲花綵，雜貨區裏的糖果盒全被抽下，摺好，扔進整潔容器裏，至於那些不能被取下、收貯妥當的東西，則全部用某種類似麻布袋的粗布罩著。最後所有椅子都被倒翻過來放在櫃檯上，整片地板清除得一乾二淨。每個青年做完工作之後，不論男女，一定馬上帶著過去我難得在店員身上看到的朝氣蓬勃的神情往門口走。接著，一大批年輕人走過來灑布鋸木屑，並帶來掃帚、水桶。我不得不趕緊開溜。而就在離開那區域的途中，我的腳踝被鋸木屑刺傷了。我漫步通過各個黑暗、封閉的部門，耳中可以到聽到那些掃帚在工作。終於，在打烊一個多小時以後，響起一連串鎖門的聲音。寂靜籠罩整座商場，我發現自己一個人漫無目標地在商舖、畫廊、貨品陳列室間到處遊走。整棟建築靜得聽不到一絲聲音。我記得自己曾走到某個靠近塔坦漢宮廷街的出入口附近，側耳聆聽路人鞋根敲在地上的聲音。

「我第一個造訪的便是剛進來時看見的那個販賣手套、長襪之處。那地方很暗；我辛辛苦苦找了大半天，才在小現金櫃的抽屜裏找到火柴。接下來我必須找支蠟燭，必須拆下包裝，細細搜索一大堆盒子和抽屜。不過，最後總算看到我要尋找的東西；盒子上的標籤注明那是羔羊毛褲和羔羊毛汗衫。其次是長襪，一條厚的羊毛圍巾。然後我到服裝部找到長褲、一件休閒夾克、一襲大衣，和一頂垂邊軟帽——像教士戴的那種帽沿往下翻的帽子。我開始感到自己又是個人類了。而我的下一個念頭就是找食物。

「樓上是點心部門，我在那裏找到冷凍肉。咖啡壺裏還有咖啡。我開啓瓦斯，將它溫熱。一切都還算不賴。塡飽肚子之後，我躡手躡腳地離開這個部門去尋找毛毯——最後不得不退而求其次，改以軟毛被子爲滿足——我來到擺著許多巧克力和糖果的雜貨區，簡直好得讓我喜出望外——還有一些勃根地白葡萄酒。附近有個玩具部門，讓我想到一個極棒的主意。我找到幾只人造鼻——您知道的，假鼻子；然後還想找到副深色眼鏡。可惜萬物百貨行裏未設置光學部門。我的鼻子的確一直是個麻煩——我曾想過用畫的。不過這個發現卻使我腦筋飛快地轉到假髮、面具之類的東西上頭去。最後我跑到一堆軟毛棉被上，睡了個非常溫暖、非常舒服的覺。

「入睡之前的那些思緒是我自變化以後最舒暢的念頭。我的肉體處於安詳狀態，而這同時也反映在心理上。我想到了早晨，我應該能夠穿著衣服，裹著一條剛剛拿來的白圍巾蒙住臉，用我偷到的錢買副眼鏡等等的，完成偽裝，神不知鬼不覺地溜出去。過去幾天發生的瘋狂事情化作混亂的夢境，沈入我的睡眠中。我看見醜陋矮小的房東在他那些房間裏怒吼；看到他的兩個繼子神色驚駭；還有那個滿面風霜的老太婆跑來討她的貓，臉上皺紋密布。我再度體會目睹布料消失時那股詭異的感覺，再度爬上多風的山坡，對老牧師喃喃地：『塵歸塵，土歸土』，和家父未填滿土的墓穴嗤之以鼻。

「『你也去吧！』有個聲音說。突然間我被迫爬向墓穴。我奮力掙扎，大喊大叫，向前來弔唁的賓客哀告懇求。但他們依舊無動於衷地貫徹整場儀式；老牧師也照樣抽著鼻子，朗誦單調乏味的語句，沒有半點吞吞吐吐。我曉得別人看不見我、聽不到我的聲音。那壓倒性的力量控制著我。我徒勞無功地掙扎，被步步逼至墓穴邊。當我跌入棺中，棺木響起空洞的聲響，墓穴在一鏟一鏟落下的泥土中圍攏了我。沒人注意到我，沒人知道我的存在。我揮手蹬腳地拚命掙扎，猛然清醒過來。

「淡淡的倫敦曙光已經降臨，鑽過窗帷邊緣滲入，使得整座賣場充滿灰暗的寒光。我翻身坐起，一時間想不起這有著許多櫥櫃，一堆堆被捲起來的東西，成疊棉被、靠墊，無數鐵柱的廣濶公寓會是什麼地方。後來，就在記憶重回腦海之際，我聽到交談聲。

「接著我又在遠處某個已經拉起窗帘，光線較爲明亮的部門，看到兩個人朝著我的方向走過來。我趕緊爬了起來，四下張望，尋找逃脫之路。但就在我站起來時，他們聽到我製造的聲音，曉得我的存在。我猜想他們大約只是看到有條人影靜悄悄快速逃離。『是誰？』其中一人高喊。另一人大吼：『站住！』我衝過一個轉彎，撞翻了——記住，我是個沒有五官的人——一個十五歲左右的瘦長少年。那少年大聲號叫，被我嚇得魂不附體。我從他的身旁箭步衝過，繞過另一個轉角，驀然在天外飛來的靈感啓示下，整個人平躺在一張櫃台的後方。不一會兒，腳步聲飛奔而過，我聽到有人高呼：『守住所有門戶！』並大聲問道：『出了什麼事？』同時通知別人如何逮住我。

「我躺在地上，慌得腦筋一片空白。但——現在想想似乎很奇怪——當時我應該想到乾脆脫掉衣服，卻竟沒有想到。大約是我早已立定主意要全副僞裝離開，而這念頭始終支配著我。這時櫃台的通道上有人大叫：『在這兒！』

『我一躍而起，從櫃台上抽下一把椅子，朝那鬼吼鬼叫的笨瓜大力推過去，轉身就跑。在某個轉角處撞上另一人，把他撞得打了個轉，自己衝上樓梯。那人立穩腳跟，活見鬼似地瞪了我一眼，卯足勁緊追我上樓。樓梯頂端堆了好多色彩鮮艷的鍋、盆、壺、罐之類的東西——那叫什麼來著？」

「藝術器皿吧！」坎普猜測。

「正是！藝術器皿。咯，我衝上梯頂，猛一轉身，抽出一個容器，等那人一近身便朝他那顆蠢腦袋瓜砸下去。整堆容器跟著往下栽。我聽到喊叫聲和腳步聲從四面八方奔來。我瘋狂地衝向販賣點心處，那裏有個全身白衣白褲、白鞋白帽，像個廚師的人物挺身加入追逐。我不顧一切地衝向最後一個轉彎，發現四周都是燈具和五金用品。我躲到這個部門的櫃台後，等到我那廚師先生一馬當先直衝過來，立即拿起一盞燈具打得他屈膝跪地，倒了下去。我蹲在櫃台後面，開始盡快脫掉身上的衣服。外套、夾克、長褲、鞋子都不成問題，但羊毛汗衫就像人的一層皮膚一樣緊貼著身體。我聽見更多的人朝這方向奔來，而我的廚師大爺靜悄悄地躺在櫃台另一端，也不知是昏了過去了、還是嚇得說不出話來呢！我不得不像一隻被逐出柴堆的兔子般，如流星般地朝那個方向射去。

「『這邊，警察！』我聽到有人大叫，發現自己又回到那床架儲藏室，而它的盡頭卻是一大堆雜亂的衣服。我平躺下來，經過好一番折騰後總算脫掉那件內衣，等到警察和三名不知名人士繞過轉角，我正氣喘吁吁、心驚膽戰，又是一個自由人了。他們衝向汗衫、羊毛衫，拎起長褲。

『他正丟棄搶到的物品，』其中一名青年說：『想必人還在此處的某個角落。』

「不過他們仍舊沒能發現我。

「我站在那兒冷眼看他們搜尋。我看了一陣子，同時為了失去那些衣服暗暗咀咒自己的的倒楣。接著我走進點心室，看見牛奶便喝了點兒，坐在火爐邊思忖自己的處境。

「沒多久，兩名助手走進裏面，開始像一對笨驢似的，亢奮莫名地談論此事。我聽到他倆滔滔不絕地討論我的搶奪行為，還有對於我藏身何處的諸多揣測。這時我又開始構思計畫了。在這種地方，尤其是在如今加強戒備以後，想從這裏帶走任何掠奪品是件異想天開的事。我走到倉庫，想要找找看有沒有任何機會可以收拾個包裹寄出去，卻搞不懂整套託運系統。到了十一點鐘左右，地上的冰雪已經漸漸溶化，天氣顯得比昨日晴朗、溫暖一些，我判定在這家百貨商場裏邊是無計可施了。於是，懷著滿腔對無法達到目標的憤恚，和一點點極為模糊的行動計畫，走出這個地方。」

第二十三章・杜魯利小港內

「現在你應該開始瞭解到，」隱形人說：「我的情況充滿了不便。我沒有容身之處，沒有衣物蔽體——一旦穿上衣服，就等於放棄我所有的優勢，使自己成爲一個既古怪又恐怖的東西。我禁絕飲食；因爲一吃東西，一將未經同化之物塡進腹內，我又會變成可見而醜陋的怪物嘍！」

「我從未想到這些。」坎普說。

「我也沒有。而下雪同時也提醒了我其他的危險。我不能在雪中外出——白雪會落在我的身上，暴露我的外形。雨，一樣也會使我現出淡淡的輪廓，一個水光閃爍的人形——一個泡沫，一具外觀，一個乳白色的人型微光。除此之外，只要外出——在倫敦的空氣中——我的腳踝必會聚積塵沙，皮膚也會沾附污物和灰塵。我眞的不曉得在那些因素下，我能維持多久無影無形的狀態。但我十分清楚，絕對不會太久。

「在倫敦，無論如何，那是必然的。

「我走進通往波特蘭大街的貧民窟，發現自己置身於原先寄宿處所在的那條街尾。我望見那棟被我燒掉的房屋廢墟還在冒著煙，街道對面擠著一大堆人在觀看，因此並未走進那條街。我最緊急的問題就是趕快找到衣服穿。至於該如何處理臉部，著實讓我絞盡腦汁。此時我在一家小雜貨店裏——報紙、糖果、玩具、過時的華麗聖誕飾物……等等的！看見一整排面具和鼻子。我曉得問題解決了。我在電光火石間瞧見自己的方向。我向後轉，不再漫無目標，兜個彎避開繁忙路段，走向斯特蘭街北那些較爲僻靜的小路；因爲我記得（雖然不十分確定地點）某些戲服業者在那一區裏有店面。

「天氣很冷，北方颳來的刺骨寒風一陣陣掃向街頭。我快步疾走以防被寒風趕上。每過一條街頭都是個危險，每一與人錯身而過都得提高警覺。在貝德福街盡頭，我正與一名男子錯身而過；他突然轉過身來朝我這方向直走，把我逼上馬路，差點被一部雙座小馬車輾過。車夫的判斷是他好像被撞了一下。我被這段際遇嚇壞了，趕緊走進科芬特花園廣場市場，在一個紫羅蘭花攤旁的僻靜角落坐下來，氣喘吁吁、渾身顫抖。我發現我著涼了，在靜坐一小段時間後不得不又走出市場，以免打起噴嚏，招來別人注意。

「最後我終於找到我要的目標，某家位於杜魯利巷附近一條小徑上、骯髒得慘不忍睹的商店，店裏的一座櫥窗裏擺滿了華麗的禮服、假珠寶、假髮、淺幫鞋、假面具，和各種劇照。那是一家又暗又矮的老式商店，其上還有四個陰暗慘淡的樓層。我透過櫥窗往內凝視，看見店裏半個人也沒有，於是舉步往裏走。開門的動作引發一陣叮噹的鈴聲。我任那店門開啓著，繞過一具未套上戲服的服裝架，走進一面穿衣鏡後的角落裏。大約有一分鐘左右的時間都沒有人走過來。緊接著我聽到一陣重重的腳步聲穿越某個房間，有個男子出現在店裏。

「這時我的計畫十分明確。我打算闖進住宅，隱身在樓上伺機而動。等到一切寂靜下來，再去搜出一整套假髮、面具、眼鏡、服裝，然後走入人世。怪異或許怪異些，但至少能夠看出個人樣。附帶一提，我當可以搶光屋子裏每一分可用的錢財。

「走進店裏的是個彎腰駝背、瘦小凸額的男子，雙臂很長，兩腿卻極短且向外彎曲。很顯然，我打斷了他的一頓飯。他一臉期待地往整個店裏四處打量一遍。瞧過之後，發現店內空無一人，期待的表情不見了，代之而起的是驚訝，最後變成憤怒。『可惡的小蘿蔔頭！』他說著，跑到店外，往街上來回張望了一番，不久又返身走進來，恨恨地踢兩下子店門，嘀嘀咕咕地回到住宅門口。

「我迎上前去，跟在他後頭。他聽到聲息，猛然立定不動。我被他靈敏的耳力嚇了一大跳，連忙也停下腳步。只見他砰然一聲，迎著我的面關上住宅門。

「我猶豫不決地站在門外，突然聽到他快捷的步伐重返門口，再度將門打開。他像個還並不十分滿意的人一樣，往整間店裏又掃視一遍。然後走到櫃台後仔細檢查，又往某些裝置後方凝目注視，最後滿面狐疑地站在那兒。他並未將住宅的門隨時關上，於是我趁機溜進裏面。

「那是間古怪的小房間，裝修十分簡陋，角落裏堆著好幾張大面具。餐桌上擺著他遲用的早餐。說眞的，坎普，聞著餐桌上的咖啡香，站在一旁眼看他走進來恢復用餐，對我來說，眞是件快把人氣炸的事。而他的餐桌禮儀也十分惱人。開向這個房間的門共有三道，一道上樓，一道往下，不過這些門都關得緊緊的，只要他人在房裏，我就走不出這個房間。由於他的高度警覺性，我幾乎連動一動都不能。曾有兩度，我好不容易才及時忍住沒打噴嚏。

「我那種種感覺力的戲劇化特質其實是莫名其妙，而且異於常人。但儘管如此，我還是在離他用畢早餐還有好一段時間之前，就打從心底感到厭惡、憤怒了。幸好最後他總算結束用餐，把不値錢的陶製餐具放在原本已擺著茶壺的黑色錫托盤中，把所有的麵包屑都收集到沾著芥末的餐巾上，捧著它們走出去。由於手上有那一大堆東西，他沒有辦法在通過之後順手將門關上，於是我跟在後頭，隨他走進一間髒兮兮的廚房和餐具洗滌貯存室。我興沖沖地在一旁看著他清洗、收拾。不久發現待在那裏對我無益，而且舖著磚片的地板開始讓我的腳感到冰冷，於是我回到樓上，坐上他擺在爐邊的椅子。爐裏的火燒得不怎麼旺。我不假思索，隨手就加了幾塊炭進去。這聲音立刻把那個人引了上來，兩眼炯炯有神地站在那裏。他環顧整個房間，差一點點就碰到我。即使是在仔細查看完畢後，他仍是顯得非常不滿意。他走到門口之後又停下腳步，再經一番臨去檢查才離去。

「我在小客廳裏等了大半天，總算他上得樓來又把樓上的門打開。我千方百計，這才在不被他察覺的情況下勉強通過門口。

「在樓梯上他突然煞住腳步，害我險些撞到他的背上。他扭頭筆直望向我的臉，側著耳朵細聽。『我敢發誓——』他舉起毛茸茸的手扯扯下嘴唇，視線在整個樓梯間上下掃來掃去，然後咕噥噥地繼續往上走。

「他的手握住門把，轉眼又帶著同樣茫然不解的神情停止動作。他開始察覺到我在他周遭行動的微弱聲息。那傢伙必定有著如魔鬼般靈敏的聽力。他猛地勃然大怒。『要是有誰在這屋子裏——』他惡聲惡氣地大吼，威脅的話沒有說完。他把手插進口袋裏，沒找到想要的東西，於是從我身旁乒乒乓乓、橫衝直撞地奔下樓。但我並沒有跟在後面追下去，而只是坐在那樓梯的頂端等他回來。

「不一會兒，他又上來了，嘴裏依舊嘟嘟囔囔個不停。他打開房門，在我還來不及走進去時，便當面砰然關上。

「我決定探勘這整棟住宅，並花了點時間盡可能無聲無息地進行這件事。房屋本身非常老舊，而且搖搖欲墜；溼氣重得讓頂樓上的壁紙漸漸從牆邊剝落，還有老鼠到處橫行；某些門的把手已經難以轉動，我不敢亂碰它們。在我查看過的房間裏面有些連家具都沒有，另外那幾間則七零八落地堆放著些道具，從外觀上判斷應當是購自二手貨。在他隔壁的一個房間，我發現一大堆舊衣服，於是開始在這裏頭大肆搜尋，急切中竟又忘了他的耳朵特別尖。我聽到一陣偷偷摸摸的腳步聲，仰起頭來，正好及時看見他手上拿著一把老式左輪手槍，正凝目往凌亂的衣物堆裏細看。我動也不動地站著，看他張著嘴，疑神疑鬼地左顧右盼。『一定是她。』他緩緩說道：『該死的她！』

「他悄悄地關妥房門，不一會兒我聽到鑰匙在鎖孔裏的轉動聲。隨後他的腳步漸走漸遠。我突然醒悟到自己被鎖在房裏了，一時之間不知該如何是好。我從門後走到窗口，又從窗口走了回來，站在那裏手足無措。一陣怒氣湧上心田。但我決定在採取任何進一步的行動前，先仔細把服裝查看一遍。而我的首次嘗試便使得一疊衣服從上層架子跌落下來。這聲音再度驚動了他，帶著比前幾次都更陰沈的臉色回來。這回他眞的碰到我了，驚訝得往後一跳，滿面錯愕地愣立在房間中央。

「他一下子就略微恢復鎭定，手掘著嘴唇，低低唸道：『老鼠。』他顯然多少受到些許驚嚇。我悄悄地慢慢側身移出房間，但一塊厚地板卻不幸發出吱軋聲。於是那窮凶惡極的小矮子開始手執手槍，徹底搜查整棟房屋，同時一一鎖上每扇房門，並把鑰匙收進口袋。當我醒悟到他意欲何爲時，登時火冒三丈——我根本沒有辦法好好控制自己，耐心等候良機。這一次我知道整棟屋子裏只有我一個人，於是我毫不慌張，毫不遲疑，出手逕往他的頭上敲下去。」

「敲他的頭！」坎普失聲尖叫。

「沒錯——將他打昏——在他下樓的時候。拿起一把放在駐腳台上的板凳從他的背後砸下去，讓他登、登、登、登直滾下樓。」

「可是！噢！一般人約定俗成的規矩——」

「對一般人來說非常適用。但關鍵是，坎普，我必須在不被他看見的情況下喬裝改扮完成，走出那棟房屋。除了打昏他，我別無他法。接下來我拿了條路易十四時期❶的內衣塞住他的嘴巴，再用一條被單把他捆包起來。」

「用被單把他捆包起來！」

「弄成像袋子一樣。用來讓那白癡保持驚嚇和安靜是個絕妙主意；而且他想把腦袋掙脫出來困難極啦！我親愛的坎普，你乾坐在那兒，把我當個殺人犯似的直瞪眼是沒用的。我非得那麼做不可。他有手槍。萬一被他看到我，他可以向人形容——」

「但無論如何，」坎普提出異議：「在——當今——英國。況且那人是在他自己的房子裏，而你又正在！呃，搶劫。」

「搶劫！該死！再下去你要稱我是賊啦！當然，坎普，你絕不至於笨得只會死守老觀念吧！難道你不明白我的處境嗎？」

「還有他的處境。」坎普說。

隱形人陡然站起：「你究竟想說什麼？」

---

❶ 路易十四（1638-1715），世稱其即位之西元一六四三年起至一七一五年為路易十四時代。

坎普神色略顯不悅，正待開口，又即時克制自己的衝動。「我想，畢竟，」他突然一改態度，說：「此事大約是非如此不可吧！當時你正身陷窘境。只是——」

「我當然是身陷窘境——無窮無盡的窘境。而他也惹得我氣昏了頭——搜遍了整棟房子，仗著他的手槍欺侮我，鎖門開門的。他實在太教人火大了。你不怪我，是不是？你不怪罪我吧？」

「我從不怪罪任何人！」坎普說：「那已經是過去式了。接下來你怎麼做？」

「我肚子餓了，下樓找到一條麵包和少許酸臭的乳酪——用以裹腹綽綽有餘。我喝了點水和白蘭地，然後走上樓梯，通過我那臨時紮成的袋子旁——他動也不動地躺在裏頭——到存放舊衣的房間。這個房間俯臨街道，兩條髒得泛黑的蕾絲窗簾護住窗口。我走到窗邊，由窗簾縫中往外窺望。窗外天色晴亮——相對於我所在的那幢陰慘的房屋裏沈沈的陰影，亮得令人目眩。街上車來車往，幾輛拖著水果的貨車，一部雙輪客馬車，一輛載了好多箱子的四輪馬車，和一部魚販的貨車輕快地穿梭其間。我將眼光從在我眼前游移的繽紛色彩移向背後陰暗的擺設，興奮的心情馬上又因擔憂自己的處境而煙消雲散。房間裏充滿一股淡淡的石油精味道。我想，大概是用來清理服裝的吧！

「我開始有條不紊地搜遍整個地方。依我判斷，那駝背應該在這屋子裏獨居好一段時間了。

他眞是個古怪的人。我在服裝儲藏室收集到的所有東西大概都能派得上用場，接下來就得做個愼重的選擇了。我找到一個自己認爲滿適用的小旅行袋，還有一些敷面粉、胭脂和膠布。

「我本想把臉畫一畫，做些諸如此類可以讓我現形的工作，以便讓人看得見我。但這方法缺失多多。萬一下次我想再消失，就得找到松脂和其他用具，還得花上相當長的工夫。終於我選了一張樣式較好的面具，略作僞裝，但並不像許多人僞裝得厲害；深色眼鏡、灰鬍子、一頂假髮，如此而已。我找不到內衣，不過這可以往後再買，眼前我暫時先纏上白棉布頭巾和白色喀什米爾羊毛圍巾權充。我也找不到襪子，但駝背的鞋子相當寬鬆好穿。在店裏的一張桌子裏收著三枚金鎊和大約值三十先令左右的銀幣，另外內室裏一座上了鎖的食櫥在被我扭斷它的鎖後，也找到八鎊金幣。有了這些，我就可以穿上衣服，再度走進人群了。

「這時一陣莫名的躊躇令我裹足。我的外表眞的——可信嗎？我利用一面臥室用的小鏡子檢視自己的儀容，由每個視覺角度細看有沒有任何疏忽、破綻。不過一切看起來似乎都很好。在信心齊備後，我拿著我的鏡子下樓，走進店舖，把店面的帷幕拉下，借助於牆角的穿衣鏡，再一次由各個角度審視自己的外形。

「我花了幾分鐘時間鼓足勇氣，把店門的鎖打開，大步走到街上，任那小矮子愛什麼時候掙出被單就什麼時候出來。五分鐘不到，我和那道具店之間已經相隔十來個轉彎了。街上沒有人特別深刻地注意到我。看來我應該已經克服最後一道難關了——」

他再度住口不言。

「而你從此不曾爲那駝背擔過心嗎？」坎普問。

「不曾。」隱形人回答：「而且也沒聽說他後來怎麼樣了。我猜想若不是自己解開袋口，就是踢腳蹬腿掙扎出來了。我的結打得很緊。」

他沈默下來，走到窗口向外凝視。

「你走到斯特蘭街之後又發生什麼事？」

「噢——又是好夢幻滅。我原以爲我的麻煩都已經結束了。實際上，我以爲我愛選擇做什麼，就可以安心做什麼——除了洩露自己的秘密。我就是這麼想的。不管我做什麼，結果是什麼，對我來說都無所謂。我只消把我的衣服扔到一旁，消失無蹤就成了。沒有人能夠抓得住我。要用錢，只要我在哪裏看到，就可以拿來據爲己有。我決定招待自己吃一頓豪華大餐；找一家好旅館住下；再去挑選全套合適的新衣服。我覺得出奇有自信——回想起自己像個蠢蛋並不是件怎麼愉快的事情。我走進某個地方，而且已經在點午餐，這才猛然想起除非暴露我那隱形的臉龐，否則根本沒辦法吃它。我停止點菜，告訴侍者，我會在十分鐘之內回來，然後氣虎虎地往外走。我不知道你是否曾對自己的食欲失信過。」

「不到這麼嚴重；」坎普回答：「不過我可以想像。」

「我眞恨不得大開殺戒。終於，一股對於美食的淡淡渴望促使我進入另一家餐館，要求給我一個私人餐室。『我被毀容了；』我說：『嚴重毀容。』他們好奇地注視著我。但那自然不關他們的事！因此我終於吃到我的午餐了。菜色並非特別好，但分量充足。

「吃完之後，我開始思索我的行動計畫。這時，屋外下起大雪來了。

「我越是反覆思索，坎普，越是明瞭身爲一個隱形人，置身於濕冷而污濁的氣候和人群擁擠的文明城市裏有多無助。在進行這個瘋狂的實驗前，我曾夢想出無以計數的好處。那天下午，這一切似乎都讓人失望了。我仔細想想那些被人視爲値得擁有的事物。隱形術無疑可以讓人得到那些東西，卻也同樣使人在得手之後無福享用。希望的東西——要是你不能現身當場，光榮又有何用？要是愛你的女人注定會被稱爲妖婦，她的愛又有何用？我對政治、抹黑、慈善事業或運動毫無興趣。我要做些什麼？而爲了隱形我已變成全身裹得密不透風的神秘客，一個纏滿白布、繃帶的拙劣人形仿冒品！」

他略一沈吟。從姿勢上看來，好像是向窗外瞟了一眼。

「但你是如何前往宜賓的呢？」坎普急於讓他的客人維持忙碌的談話。

「我到那兒進行工作。我懷抱一個希望。那是個不完整的概念！直到現在，我還抱著希望。如今它已是個完全成熟的理念：一個回復原狀之道，修復我所做之事的辦法；在經過選擇之後，已經用盡一切辦法隱形之後。而那正是此刻我最想告訴你的。」

「你直接動身到宜賓？」

「正是。我只消領出我的三冊日誌和支票簿，準備好行李和內衣，訂購一整批實現這概念所需的化學藥品——等一拿到我的本子，我會立刻把所有的估計、思考重點全拿給你看——然後我就啓程了。老天！我到現在還記得那場大雪，還有一路避免被雪打濕我那人造鼻子有多麻煩。」

「到了最後，」坎普說：「前天，就是他們發現你的秘密那天，你相當——根據報上所說的判斷——」

「沒錯！我相當憤怒。我有沒有殺死那個笨警察？」

「沒有！」坎普回答：「他預計可以復原。」

「那算他走運。我勃然大怒！那群笨蛋！他們爲什麼不會別管我的閒事？還有那個賣雜貨的鄉巴佬？」

「據悉，應當沒有人死亡。」坎普表示。

「我不曉得我那流浪漢跑哪裏去啦！」隱形人怏怏不樂地乾笑一聲。

「我的天哪，坎普，你不知道什麼叫暴怒！研究多年，規劃多年，細心策劃多年，然後卻找了一個笨手笨腳的大白癡來打亂你的整個方針！全天底下有史以來最蠢最笨的笨蛋，偏偏竟讓我碰上了。

「要是這種事再多發生一次，我準會發瘋的——我會拿把機關槍將他們全射倒。

「總之，他們已經使整個工作增加千百倍困難。」

「的確很氣人。」坎普冷冷淡淡地回應。

第二十四章・未成功的計畫

「但現在，」坎普斜溜窗外一眼：「我們又將怎麼辦呢？」

他邊說邊往他的客人靠近，以防對方可能突如其來地往外一瞥，瞥見三名正往山上的路走來的男子——在坎普的感覺中，彷彿一切都遲緩得讓人無法忍受。

「你前來波爾碼頭時，心裏計劃做什麼呢？你定了計畫嗎？」

「我準備離開這個國家。不過，自從見到你，那個計畫已經徹底改變了。我原想趁著眼前天氣暖和，隱形可以行得通，前往南方正是明智之舉。尤其是現在我的秘密已被揭穿，人人都會對一個戴著面具、全身裹得密密實實的人提高警覺之際。你們這兒有條開往法國的輪船航線。我的主意是搭上其中一班，姑且冒航行之險。接下來我可以搭火車進入西班牙，或者抵達阿爾及爾。這應該不難。到了那邊，一個人應該可以永遠隱形——而且還能活得好好的，同時做些事情。我利用那些流浪漢權充錢囊和行李搬運工，直到決定好如何將我的日誌本和其他物品運去與我會合爲止。」

「那就沒問題啦！」

「而那該死的畜牲一定是當時就在設法搶刼我了！他把我的本子藏起來，坎普。藏我的本子哇！等哪天讓我逮到試試看！」

「最好計劃先把本子從他那兒拿回來。」

「但他人在何處呢？你知道嗎？」

「他在鎮上的警察局裏；根據他的請求，被鎖在警局最堅固的牢房內。」

「狗雜碎！」隱形人啐道。

「但那多少耽誤了你的計畫。」

「我們必須拿到那些本子；那些本子是不可缺少的核心啊！」

「當然！」坎普有點緊張，懷疑他是否聽到外面的腳步聲。「我們當然要拿到那些本子。但那並不難；假使他不曉得它們對你的意義的話。」

「不！」隱形人答完，陷入沈思。

坎普試圖想個話題維持談話的進行；不過，隱形人很快便自動恢復交談。

「誤打誤撞，闖進你的住處，坎普，」他說：「改變了我所有的計畫。因爲你是個有能力理解的人。儘管發生了這麼許多事情，儘管惹來人人側目，儘管遺失日誌本，吃了那麼多苦頭，還是有很大的可能性，非常非常大的可能性——」

「你沒有告訴任何人我在這裏吧？」他出其不意地問。

坎普遲疑了一下，說：「這還用說嗎？」

「一個也沒有？」葛立芬非要追根究柢。

「一個也沒有。」

「啊！那麼——」隱形人站起來，雙手插腰，開始在書房裏來回踱步。

「我犯了個錯，坎普，一個極大的錯——獨立完成這件事情。我浪費了體力、時間和不少機會。獨立——一個人能獨立進行的事少得多麼可憐！搶一點點，傷害一點點，然後啥也沒了。

「我所需要的，坎普，是個守門員，一個助手，一個藏身之處，一項可以讓我安安心心，不受懷疑地睡覺、吃飯、休息的安排。我非找個同盟者不可。有了同盟者，有了食物和休息——無論多少事情都是可能的。

「至今爲止，我倚恃的都是些模模糊糊的思路。我們必須考慮所有那隱形術所代表的意義，和所有不代表的意義。它意味著在竊聽方面之類有一點點方便——人總會製造些聲音；在闖空門方面等等有一點點幫助——一點點，也許。一旦你逮到我，就可以輕易地監禁我。但反過來說，我並不容易被逮住。坦白說，這隱形只對兩種情況有利：便於脫身，還有便於接近。因此，它特別利於殺人。我可以走到某人身旁，不管他手上有什麼武器，選好我的方位，隨我的高興攻擊；隨我愛溜就溜，愛逃就逃。」

坎普摸摸鬍子。樓下是不是有什麼動靜？

「而我們必須做的正是殺人，坎普。」

「我們必須殺人？」坎普重覆他的話，「葛立芬，我是在聽你的計畫沒錯，但，我得提醒你，我並不同意。爲何要殺人？」

「不是亂殺一通，而是明智地殺人。重點是，他們知道有個隱形人——正如我們知道有個隱形人。而現在那個隱形人，坎普，必須建立一個恐怖王朝。不錯——這無疑會令人嚇一大跳。但我是認眞的。一個恐怖王朝。他必須據有一個像你的波爾碼頭這般的小鎮，將它恐怖化並支配它。他必須發布自己的命令。他可以以無數種方式辦到——在門下塞碎紙片就很足夠了。而所有不遵從他的指令者，他都必須格殺勿論，並殺掉所有護衛他們的人。

「呼！」坎普驚呼一聲，不再細聽葛立芬說些什麼，而是把注意力轉移到他的大門開了又關的聲音上。

「在我聽起來，葛立芬，」爲掩飾他的心不在焉，坎普說道：「你的同盟者的處境似乎將會很艱難。」

「沒有人會知道他是個同謀。」隱形人急切地回答。突然——「噓！樓下怎麼回事？」

「沒什麼！」坎普突然開始以又急又大聲的口氣說話。「我不同意你的想法，葛立芬。」他表示：「聽我說，我不同意這種想法。爲什麼想玩對抗人類的遊戲呢？你如何能期盼從中得到快樂？不要當一匹孤獨的狼。發表你的研究成果；信賴世人——至少，信賴國人。想想有了一百萬名助手，你將可以做到！」

隱形人打斷坎普的勸告——展開雙臂。

「有腳步聲往樓上走。」他壓低聲音說。

「胡說！」坎普回答。

「我去瞧瞧。」隱形人說著向前走了幾步，朝房門伸出手去。

底下的事情發生得非常快速。坎普遲疑了一下，隨即走上前阻止他。隱形人心中一驚，動也不動地站著。「叛徒！」他大吼著，晨袍忽然解開。隱形人坐下來，開始脫掉長衣。坎普快步向門口走了三步。這時隱形人——他的雙腿已經消失不見——大叫一聲，一躍而起。坎普飛快地將門打開。

門開後，樓下傳來一陣倉促的腳步聲和人聲。

坎普迅速將隱形人往裏一推，跳到一旁，砰然關上房門。鑰匙擺在門外，老早準備妥當。不一會兒葛立芬就將一個人置身在觀景書房，成爲一名囚犯。只除了一件小事。那天早上，鑰匙早已在倉促間滑進房裏了。就在坎普大力關上房門的同時，它無聲無息地掉落在地毯上。

坎普臉色唰地變成死白。他企圖用雙手緊握門把。一時間他站在那裏死命拖著它。門打開了六吋；不過他又努力使它關閉。第二次它猛然敞開一呎寬，晨袍自動擠進開啓處。他的喉嚨被幾隻看不見的手指扣住，只得鬆開握住門把的手以求自保。他被逼著步步倒退，絆了一下，重重摔到駐腳台的角落；空蕩蕩的晨袍被甩在他的頭頂上。

艾迪上校——坎普信件的收件人，波爾碼頭警方的首腦人物——正爬到樓梯半中央，驀然看見坎普出現，衣服又無端在空中拋擲，嚇得他像活見了鬼似的直瞪著雙眼。他看見坎普跌倒後掙扎著站起來；他看見他像頭公牛般向前疾衝，然後又往下跌。

突然間，他被狠狠地打了一下。動手的是——什麼也沒有。感覺上，像有個龐大的重量向他撲來，而他便被扼住喉嚨，用膝蓋頂住鼠蹊部推下樓梯。一隻無形的腳踏過他的背，一陣如鬼般的腳步通過他往樓下走。他聽見兩名守在門廳的警官鬼吼鬼叫地拔腿飛奔，房屋大門被猛力重重地甩上。

他打個滾翻坐挺起來，瞪大眼睛張望。他看見坎普搖搖晃晃走下樓來，蓬頭垢面、滿身灰塵，一邊臉頰被一拳打成慘白，嘴角滴著鮮血，懷中抱著一條晨袍和幾條內褲。

「天哪！」坎普大叫：「完啦！他跑掉啦！」

第二十五章・搜捕隱形人

坎普一時驚愕得語無倫次，搞得艾迪也聽不懂剛剛那些瞬息變化究竟是怎麼回事。他倆站在樓梯的駐腳台上，坎普嘴裏像放連珠砲似的劈哩啪啦說得飛快，手臂上還掛著葛立芬用以喬裝改扮的裹身材料。但很快地，艾迪開始領會整個局勢的部分狀況了。

「他瘋了，」坎普說：「沒半點人性。他是個徹頭徹尾自私的人，除了自己的利益、安全，什麼都不想。今天一整個早上我就在聽這麼個冷酷蠻橫、自私自利的故事！他傷過人。除非我們能夠防範，否則他還會殺人；他也會製造恐慌。沒有任何事情阻止得了他。現在他跑出去啦——怒氣騰騰！」

「我們必須抓到他；」艾迪聲言：「那是一定的。」

「但要怎麼抓呢？」坎普腦子裏突然湧上一大堆靈感，「你們必須立刻行動。你必須把所有可用的人手都派上場。你們必須防止他離開這個地區。一旦他逃脫出去，就會任意通過村郊，奪人性命，殘害他人肢體。他夢想建立一個恐怖王朝！我不騙你，一個恐怖王朝。你們必須盯緊火車、馬路、船舶。衛戍部隊也得幫忙。你必須拍電報搬救兵。唯一能讓他留在此地的理由，就是想要拿回被他視若珍寶的那些筆記本。這裏頭的文章我以後再告訴你！你們警局有個人——馬威爾。」

「我知道，」艾迪說：「我知道。那些本子——沒錯。」

「還有，你們必須防止他吃東西、睡覺；爲了他，必須發起附近居民日夜提防。食物必須妥爲藏匿並鎖好；所有食物。如此一來，他就非得爲食物而冒風險不可。四面八方、每一棟房屋都得將門戶關緊、拴牢，嚴防他闖入。願上天賜給我們寒冷的夜和雨！整個鄉間必須開始追捕並持續追捕行動。告訴你，艾迪，他是頭號危險人物，是個煞星；除非他被逮捕、再也無法脫身，否則會發生什麼事，讓人想都不敢想。」

「我們還有些什麼辦法可用？」艾迪說：「我必須馬上下山開始策劃行動。不過你爲何不也跟著來呢？對——你也一塊兒來。來吧！我們必須舉行一場作戰會議——找霍普斯來幫忙——還有各鐵路管理員。我的天哪！時間緊急。走吧——邊走邊告訴我。還有些什麼我們可以設法的？把那東西放下。」

不一會兒，艾迪便領著坎普下樓。他們發現大門敞開，兩名警員站在門外凝視空蕩蕩的空氣。「他跑掉啦！」其中一人說。

「我們必須馬上趕到中央車站。你們之中一個趕下山，叫輛車來和我們會合——要快。現在呢，坎普，還要採取些什麼行動？」

「狗！」坎普說：「找狗來。牠們不是看他，而是嗅他的味道。找狗來。」

「很好！」艾迪說：「這件事知道的人不多，不過哈爾斯泰地方的典獄官認識一個養大型偵察獵犬的人。狗！還有什麼別的？」

「謹記，」坎普說：「他的食物會顯現出來。在他吃完東西後，直到食物被同化以前都會顯現外型。因此吃過東西後他一定要躲起來。你們必須持續搜查——每片樹叢、每個僻靜的角落。同時收好所有武器，和所有可以充作武器的工具。這種東西他不可能隨身攜帶太久。只要可能被他奪去攻擊人的東西，都得小心藏妥。」

「太好了！」艾迪稱許：「我們還是可以逮到他的！」

「還有，在馬路上！」坎普有所遲疑。

「哦？」艾迪問。

「碎玻璃。」坎普表示：「我知道這很殘忍；但請想想他可能做出什麼事來！」

艾迪咬著牙，激凌凌地倒抽一口冷氣，「這不夠光明正大。我不曉得。不過，我會先叫人把碎玻璃準備好。若是他太過分的話——」

「告訴你，那人已經變得毫無人性了。我很確定他會建立一個恐怖王朝——只等他克服這次逃脫的情緒後——正如我確定我在對你說話一樣篤定。我們唯一的機會就是制敵機先。他已經自絕於同類之外。他將會自食惡果。」

第二十六章・威克斯泰命案

隱形人似乎在一種盲目的狂怒狀態下衝出坎普家。有個在坎普家庭院外嬉戲的娃兒被猛力抓起來丟向一旁，跌傷了腳踝。此後好幾個小時內，就再也沒有人察覺隱形人的蹤跡了。沒人知道他去哪兒或做了什麼事。但可以想像，他應該是匆匆穿過六月上午的炎熱天候，上了小山，來到波爾港後空曠的丘陵草原，爲自己無可忍受的命運憤怒、沮喪，最後終於在又熱又疲憊的情況下，躲進辛頓汀的灌木叢間納涼，同時重新整合用來對付自己的族類、已經支離破碎了的計謀。那大約是他最可能的避難所，因爲當天午後兩點左右，他正是在那個地點，以一副悲慘莫名的姿態再度爲自己辯護。

誰都會奇怪，在那段時間裡，他的心理狀態會是如何？又設計了哪些計畫？毫無疑問，坎普的背叛行爲幾乎快把他氣炸了，而我們雖然能夠理解導致坎普設下那詭計的動機，卻也可以想像，甚至對這苦心營造的大驚奇所必然引起的盛怒產生些許同情。也許是牛津街經驗中的若干令人驚奇錯愕、不知所措的印象又重現他的眼前，因爲他原先顯然已把坎普視爲他將這世界恐怖化的殘酷夢想中，一個攜手合作的伙伴。總之，他大約在中午時間消失於人類的視界外，然後直到差不多兩點半以前，沒有一個活生生的目擊者知道他做了些什麼。也許對人們而言，那是一件幸運事，不過就他來說，那卻是一段極具決定性作用的懶散時段。

這段時間內，越來越多散布在村郊的人們都在忙碌著。直到當天早晨爲止，他始終都還只不過是個傳說，一個帶來恐怖感的東西。到了下午——主要是緣於坎普那簡單扼要、沒有半點造假的宣告——他已以一種實實際際的敵手面目呈現在大家的心目中；可以挫傷，可以捕獲，可以制伏的敵手。整個鄉村開始以快得不可思議的速度自動組織起來。接近下午兩點時，即使是他都還可以利用搭乘火車遠離這個地區，但過了兩點後他便插翅也難飛了。沿著整個以南安普敦、曼徹斯特、布萊頓、霍森四大城市爲頂點的大平行四邊形鐵路線上，每個乘客都是鎖著車廂旅行，而貨運交通更幾乎陷於完全停頓。在環波爾碼頭方圓二十哩內，更有大批扛著槍、拿著短棒的男子，被以三至四人編爲一組派出去，帶著狗，仔細搜索各條馬路和田野。

騎警們騎著馬沿著鄉間小路到每一座農舍，提醒人們鎖好門戶，待在屋裡；除非攜帶武器，否則千萬不要走出戶外。而所有小學也在下午三點之前就提早放學，提心吊膽的孩子們成群結隊，急急忙忙趕回家。到了下午四、五點左右，整個區域幾乎家家戶戶都已收到坎普的宣告——實際上由艾迪署名。宣告文中精簡扼要地涵蓋所有爭鬥的狀況，斷絕隱形人得到食物和睡眠的必要，還有隨時隨地提高警覺，以及對於他的任何行動證據立即注意之必要；加上當局的行動是如此迅速而果斷，人們又那麼普遍而快速地相信有這號怪人存在，於是不到傍晚，周遭數百平方哩的範圍便呈現嚴格的封鎖狀態。而，也就是在傍晚之前，一陣恐怖的氣氛傳遍整座緊張兮兮守望著的鄉村。由一張附耳低語的嘴到另一張嘴，威克斯泰先生命案的故事，迅速而可靠地傳遍附近一帶。

倘若隱形人的避難處是辛頓汀叢林這個猜測沒錯，我們就必須繼續推斷當天下午他曾經再度發動突擊，執行某項牽涉到武器運用的計畫。我們無法得知計畫的內容，但至少對我而言，他在遇到威克斯泰以前，手中已握有鐵桿這個證據是無可反駁的。

當然，我們完全無從得知此番遭遇的細節。事情發生在某個碎石坑邊緣，距離波爾碼頭高級住宿屋不到兩百碼處。現場每樣東西都顯示曾有一場激烈的拚鬥——腳印深陷的地面，威克斯泰先生身上累累的傷痕，他那裂開的手杖——但為何發動攻擊——除了一股謀殺的狂熱——難以想像別的邏輯。瘋狂——確實幾乎是無法避免的推論。威克斯泰先生年約四十五、六歲，任職波爾碼頭高級寄宿屋管事，沒有惱人的嗜好或外表，是全世界最不可能激怒如此可怕的一個對手之人。從他身上的傷看來，隱形人使用的似乎是一根從某片破圍籬抽出的鐵桿。他攔住這個安安詳詳走回家吃中餐的安靜男子，擊垮他脆弱的防衛，敲斷他的手臂，把他打倒，再狠狠砸破他的腦袋。

想當然爾，他必定是在遇到他的受難者之前就已從圍牆中拔出這根鐵桿，隨身攜帶在手上。只有兩項細節似乎超出前面所陳述的推斷所能的解釋之外。其一，那碎石坑並非威克斯泰先生返家捷徑上經過的地方，反而離開他的回家路線將近一百碼遠。其次，有個小女孩言之鑿鑿地指稱，在她前往學校上下午課途中，曾經看見被害人以一種十分奇特的姿勢，「快步」奔過一片朝向碎石坑的田地。根據她對他的行動比手畫腳的模擬，似乎暗示著有個人在追逐他前面的某樣東西，並不斷以他的手杖打擊對方。她是最後一名看見他活著的人。他離開她的視線奔向死亡；一叢山毛櫸和地上一灘淺淺的水窪使她無法看到那場拚鬥。

這個，至少就目前作者的理解而言，使得該件命案超脫了純粹是濫殺的界定。我們也許可以假想，葛立芬的確早已握著鐵桿權充武器，但並未刻意打算利用它來殺人。威克斯泰大約是路過附近，注意到有根桿子神祕莫測地在空中移動。他根本沒想到隱形人的事上頭去——因為波爾港距離此處尚有十哩遠——他很可能一路追逐那根鐵桿。如果說他恐怕連聽都沒聽過隱形人之事也是不難理解的。我們可以想像那時隱形人正匆匆離開——靜悄悄地，以避免在這一帶被人發現他的行動；而激動、好奇的威克斯泰卻追逐起這無從解釋的移動物體——最後並攻擊它。

按常情而言，隱形人無疑可以輕易將他那中年追逐者遠遠拋在身後。但根據威克斯泰陳屍的位置推測，很不幸的是他將他的獵物趕進了某個介於一片蕁蔴疏和碎石坑間的角落。對那些曉得隱形人異常暴躁易怒的性格之輩而言，此番遭遇的其餘發展也就可以輕易想像了。

不過，這純粹只是假設。唯一無可否認的事實——因為小孩子口中的故事往往不可靠——是威克斯泰的屍體被人發現，已經死亡，以及人們找到了被扔在蕁蔴叢間那根血跡斑斑的鐵桿。由葛立芬將鐵桿丟棄的舉動大概可以推測，在情緒激動中，他已放棄攜帶這根鐵桿的目的——如果他原先懷有目的的話。他絕對是個極端自負而無情的人，但目睹他手下的遇害人，他的第一個遇害人，鮮血淋漓、可憐兮兮地倒在他的腳邊，應該可以使很可能一度溢滿他心胸的陰謀——不管他構思的是什麼——釋出某些長久幽閉的懺悔之泉吧！

在殺害威克斯泰先生之後，他似乎穿過田野，往丘陵草原方向去了。傳聞約莫是在太陽下山的時候，有兩、三個人在靠近羊齒山麓的一片田地裡聽到一陣人聲。那聲音夾雜著號啕、大笑，啜泣、呻吟，一遍又一遍不斷地高喊，聽在人們耳中的感覺必定十分古怪。它逕自通過一片苜蓿田，漸漸朝著丘陵方向消逝。

當天下午，隱形人想必已經約略得知坎普將自己私下告訴他的機密，迅速作了某些利用。他必定已經發現家家戶戶都門戶深鎖、滴水不漏；他必定已到各鐵路車站附近，在多家客棧周遭躡手躡腳潛巡過，而且無疑看到了文告，對於整個用來對付他的行動多少瞭解幾分。隨著天色漸晚，田原上開始東一處、西一處地點綴著三五成群的男子，響起此起彼落的狗吠聲。這些搜捕者得到特別的指示，要他們在萬一遇上隱形人時務必互相支援。針對他的激憤，我們應當多少能夠加以體會，而那股激憤很可能始終不曾和緩下來；因爲根據他自己提供的情報，人們向來對他毫無半點惻隱之心。至少那一天他是心灰意冷了；因爲除了在攻擊威克斯泰那段時間外，將近二十四個小時內他都是人們搜捕中的獵物。那一夜他顯然既吃了東西也睡了覺；因爲隔天早上他又已經生龍活虎、力氣強大、滿懷怨恨和怒氣，準備好要對這世界發動最後一場大戰鬥。

第二十七章・圍攻坎普宅

坎普閱讀一張用鉛筆寫在乳白色紙張上的奇怪書信。

「你一向活力充沛、聰明機智得驚人！」信上如此寫著：「雖然我無法想像它能帶給你什麼好處。你和我作對；這一整天你都在追趕我；你企圖奪走我的一夜安眠。但縱然你使盡千方百計，我仍舊吃到食物，睡了個好覺。而比賽才剛開始呢！比賽才剛開始。所有行動對我毫無作用，只是引發恐怖而已。這張文件正式宣告恐怖王朝的第一日開始。告訴你的警察上校，以及其他眾人，波爾港不再隸屬於女王（按：時為維多利亞女王在位時期）治下，而是我——恐怖者！這是新紀元元年的第一天——隱形人紀元。我是隱形人一世。創立規矩將不難。為樹立典範，第一天將執行一項死刑——一個名叫坎普的人——今天死神動手要他的命。他大可以將他自己鎖起來、藏起來，在他周遭部署滿滿的守衛，高興的話穿上甲冑都可以。死神，無形無影的死神要來啦！讓他預先防備。那將會使我的子民印象深刻。死神將在晌午時從郵筒出擊。

信件將在中午郵差來到時落下，然後離去。比賽開始啦！死神動身啦！莫要幫助他，我的子民，以免死神同樣降臨你的身上。今天，坎普即將死亡。」坎普把這封信看了兩次。

「不是開玩笑。」他說：「那是他的口氣，而且他是認眞的。」

他把摺好的信箋翻過來，看到書寫信紙的一面蓋著辛頓汀的郵戳，緩緩站起身來，擱下未用畢的午餐——信是由一點的郵班送來的——走進書房。他搖鈴召來管家，吩咐她馬上巡視全屋，檢查所有窗戶的栓、鎖，關閉所有百葉窗。他親自關好自己書房的窗板，從臥房裡一個鎖著的抽屜裡取出一把小手槍，仔細檢查之後放進休閒夾克口袋裡，再寫下好幾張簡短的字條，其中一張是給艾迪上校，把這些字條交給他的傭人，並對她離開宅子的途徑給予明確的指示。「這事沒有危險；」他說完，又略帶保留地補充一句：「對妳。」女傭離去後他又沈思了一會兒，然後回去繼續吃他快涼掉的晚餐。

他心思重重地吃著午餐。終於，狠狠一拍桌子。「我們會抓到他的！」他說：「而我就是誘餌。他將會自取滅亡。」

他走上觀景樓，每經一道門必定小心翼翼將它關妥。「這是場比賽，」他說：「一場怪異的比賽——但機會人人都有，葛立芬先生，縱然你有隱身術。葛立芬反世界——帶著仇恨心。」

他站在窗口眺望炎熱的山坡。「他必須每天取得食物——而我並不嫉妒他。昨晚他真的睡了嗎？在外面的某個空曠處——不用擔心被撞到的地方。但願我們能得到一點濕冷的氣候，而非這樣炎熱。

「或許此刻他正注視著我。」

他走近窗口。某樣東西疾勁地敲在窗框的磚片上，嚇得他猛然退開。

「我太神經質了。」坎普說。不到五分鐘他又回到窗口，「剛剛那想必是隻麻雀。」

不一會兒，他聽到大門門鈴響起，匆匆奔下樓。他拔開門栓、門鎖，檢查鏈條，將它掛好，小心翼翼地掩身門後，將門打開一條縫。一個熟悉的聲音呼喚著他。是艾迪。

「你的傭人遭到攻擊，坎普。」他在門縫邊說。

「什麼!?」坎普驚叫。

「你的字條被從她身上奪走。他就在附近。放我進去。」

坎普鬆開鏈條，艾迪盡可能在把開門的寬度拘限於最小的情況下擠進來。他站在玄關，看著坎普重新把門關牢，鎖好，如釋重負。「字條被從她的手中搶走，人也被嚇得半死。現在她人在局子裡，歇斯底里。他就在附近。究竟是什麼事？」

坎普恨聲地咀咒著。

「我眞是笨得可以。」坎普說：「我早該知道。這裡距離辛頓汀還不到一個小時路程。已經一個小時啦！」

「怎麼回事？」

「你過來瞧！」坎普帶路進入自己的書房，把隱形人的來信交給坎普。

艾迪看完，輕吹一聲口哨，「而你——？」

「提議設下陷阱——眞笨！」坎普說：「又派個女傭將我的提議送出去；給他。」

艾迪跟著坎普一塊兒咒罵不停。

「他會逃得遠遠的了。」艾迪說。

「他?!不會！」坎普回答。

樓上響起一陣餘音蕩漾的撞擊玻璃聲。艾迪眼角餘光一瞥，瞥見坎普口袋半露出一隻銀光閃閃的小手槍。「是扇窗戶，樓上！」坎普說著，搶先衝上樓。就在他們人還在樓梯上，耳中又聽到第二聲撞擊。等到兩人抵達三樓，只見窗戶已被砸破兩、三扇，碎玻璃片撒遍半個房門，一塊大燧石靜靜地躺在寫字檯上。他倆站在門口，對著滿地殘骸沈思默想。坎普再度破口大罵。就在這同時，第三扇窗戶在一聲似是槍擊的脆快聲響後綻開星狀線痕，轉瞬之後便稜角鋒利地塌落下來，把一塊塊三角形玻璃震入房間。

「這是在幹什麼？」艾迪問。「這才剛剛開始哩！」坎普說。

「這裡爬不上來吧？」

「連一隻貓都爬不上來。」坎普回答。

「沒有遮板？」

「這裡沒有。樓下所有房間！哎呀！」

撞擊，而後是板子被重重捶打的聲音從樓下傳來。「該死的東西！」坎普說：「那一定是——沒錯——是臥室當中的一間。他會砸遍整棟房屋。不過，他是個傻瓜。遮板都鎖上了，而玻璃又會掉到外面。他會割破腳的。」

另一扇窗戶發出毀滅宣告。兩名男子站在駐腳台上不知所措。「有啦！」艾迪說：「給我一支棍棒之類的東西。我這就下山到局子裡去，順便把獵狗帶上。那應該可以解決他了。牠們難纏得很——不到十分鐘——」

另一扇窗戶嘩啦啦啦破碎。

「你沒有手槍嗎？」艾迪問。

坎普把手伸入口袋；隨後又猶豫不決，「沒有——至少沒有多餘的。」

「我會把它帶回來。」艾迪說：「你在這裡很安全。」

坎普爲自己一時沒能認清事實而感到羞慚，立即把武器交給對方。

「到門口去吧！」艾迪說。

就在他倆站在玄關躊躇顧忌之際，耳中又聽到其中一間一樓臥室窗戶乒乒乓乓的聲音。坎普走到門口，開始盡可能靜悄悄地拔開門栓。他的臉色比起平時略顯蒼白。「你必須直接走出去。」下一瞬間艾迪人已到門階上面，門栓又插回U型大釘裡。他遲疑一下，背抵著門，感到舒坦了些，然後舉步——昂首闊步——走下臺階。他穿過草坪，來到庭院大門口。彷彿一陣微風般輕微的東西自草地上拂過。某樣東西靠近他的身旁。「暫停一下。」有個聲音說。艾迪動也不動地就地立定，擱在左輪槍上的手握緊了。

「嗯？」艾迪臉色嚴峻慘白，繃緊每根神經。

「我要你回屋裡去。」那聲音說；其緊張、嚴厲不下於艾迪。

「抱歉！」艾迪聲音有幾分嘶啞，並用舌頭潤濕一下他的嘴唇。他認爲那聲音是在他的左前方。是否該開一槍試試運氣？

「你要做什麼？」那聲音詰問。雙方隨即展開一陣飛快的動作。艾迪口袋開口處射出一道日光的反射。

艾迪打消原意，想了想。「我要去哪裡，」他一字一字緩緩說道：「是我自己的事。」話還沒說完，一隻手臂已經抓住他的脖子，感覺有個膝蓋頂住他的背，使他仰天倒下。他手忙腳亂地拔出手槍亂射。不一會兒他的嘴就挨了一拳，手槍也在拚命爭奪中被搶走。他奮力抓向一隻滑不溜丟的肢體而告失敗，掙扎著想站起來偏又跌回原狀。「該死！」艾迪嚷著。

那聲音大笑：「要不是怕浪費子彈，我會殺了你。」艾迪看見手槍停在半空中，六呎外，瞄準他。艾迪坐起來：「嗯？」

「站起來。」那聲音喝令。艾迪站起來。

「注意聽著，」那聲音的口氣轉為淩厲：「別耍任何把戲。記住，雖然你看不到我的臉，我卻看得見你的。你必須回到屋子裡。」

「他不會放我進去的。」

「那眞可憐！」隱形人說：「我懶得和你多費唇舌。」

艾迪再度潤潤雙唇，視線由槍管移開，望見那在正午的艷陽下顯得如許深藍的大海、翠綠光滑的草原、山巔上的白色懸崖、人口眾多的城鎮。突然間，他明白生命眞是非常美好。他的視線移回那在六呎外，懸空停頓在天與地間的小小金屬製品。「我要怎麼做？」他慍怒地開口。

「我要怎麼做？」隱形人問：「你會得到幫助。唯一一件要你做的就是回去。」

「我會試試。要是他放我進屋，你肯保證不衝進去嗎？」

「我不和你多費唇舌。」那聲音回答。

在放艾迪出門後，坎普已匆匆跑到樓上，這會兒正蹲伏在碎玻璃間，小心翼翼地探頭從窗臺邊緣往外望。他看見艾迪在和那看不見的人物談判。「他爲何不開槍？」坎普喃喃自語。這時手槍微微移動，刺目的陽光反射入坎普眼中。他遮著眼睛，企圖看清那令人眼花的光束來自何處。

「一定是的！」他說：「艾迪的手槍已經離手了。」

「答應不衝進去；」艾迪在說：「不要趕盡殺絕，給人留個機會。」

「你給我回到屋子裡。坦白說，我不會承諾任何事情。」

艾迪似乎突然下定決心。他揹著雙手，緩緩朝屋子走。坎普注視著他——手槍消失了，再度反射入眼，再度消失，然後在密切注視下變成一個追蹤在艾迪背後的小小物體。艾迪向後一躍，猛轉身，伸手朝那物體抓去卻沒能抓中，舉起雙手，向前仆倒，空氣中揚起一股淡淡的藍煙。坎普並未聽到槍聲。艾迪扭動身體，用一隻手撐著強要站起來，再次仆倒，動也不動地趴在地上。

坎普繼續望著艾迪那有點不太對勁、毫無動靜的樣子看了一會兒。午後的空氣非常燠熱而死寂，除了在房屋與臨馬路大門間的灌木叢中那雙相互追逐的粉蝶，彷彿整個世界都沒有任何東西動上一動。艾迪倒在靠近大門的草坪上。整條山路沿線，每一幢別墅的窗帷、門帷都被拉下來，但在某座綠色的小涼亭中卻有個人，顯然是個熟睡中的老人家。坎普用目光細細搜尋房屋四周，看看是否能瞥見手槍的蹤跡。但槍枝消失了。他的視線再度移回艾迪身上。比賽正式開始啦！

前門響起一陣按鈴和敲門聲，最後演變成一陣兩聲齊作的驚天動地聲響。但傭人們早已聽從坎普的指示，把自己深鎖在各自的房間裡。接下來是一陣沈寂。坎普坐下來側耳傾聽，然後開始一扇接一扇，小心翼翼地分別從三個窗口往外望。他走到樓下，站在那兒不安地細聽著，拿著臥室裡的撥火棒權充防身武器，再次逐一檢查底樓各個窗口內的栓、鎖。一切都很安全、平靜。他返身回到觀景室。艾迪始終以倒地時的姿勢一動不動地趴在碎石道邊緣。女傭夥同兩名警察，沿著別墅群旁的馬路走過來。

周遭一片死寂。三人接近的速度感覺上像蝸牛爬行般慢吞吞。他心中納悶：不知對手現在在做什麼？

他心頭凜然一震。底下傳來一記猛烈的撞擊。他略一遲疑，再度下樓。突然間，整棟房屋陣陣響起沈重的槌打和木材破裂聲。他聽到一聲狠狠地撞擊，遮板的鐵響起毀滅性的鏗鏘之音。他轉動鑰匙，打開廚房門。就在此時，碎裂的木板片片射入屋內。他驚駭地愣在當場。整具窗框除了一條橫木之外都還非常完整，但框內卻只剩下少許鋸齒狀尖銳的玻璃。劈開遮板的是把斧頭。此刻它正一斧斧飛快砍在窗框上，遭遇不少鐵條的抵擋。那斧頭猛然向旁躍開，消失無蹤。他看見手槍躺在屋外的小徑上，下一瞬間又跳到半空中。他悄悄往後退。手槍「砰！」的一聲。來不及啦！一片碎木由正要關閉的門邊緣激飛而起，掠過他的頭頂上方。他趕緊砰然關緊房門，鎖上。站在門後，他聽到葛立芬一面高喊、一面狂笑。斧頭再度揮舞，再一次造成木片的碎裂、紛飛。

坎普站在走廊努力思考。要不了一會兒，隱形人就會闖進廚房了；這扇門阻擋不住他半分鐘。到時——

前門再度響起鈴聲。一定是警察。他衝進門廳，掛好鏈條，抽開門栓。他先要女傭講話，然後才放下鏈條。屋外三人爭先恐後，搶成一團地衝進屋裡。坎普馬上又用力把門關上。

「隱形人！」坎普說：「他手上有把槍，裡頭還有兩發子彈。他殺害了艾迪；一定是用槍射殺的。你們在草坪上沒看到他嗎？他倒在那兒。」

「誰？」其中一名警察問。「艾迪。」坎普回答。

「我們是走小路進來的。」女傭說。

「那乒乒乓乓的重擊是怎麼回事？」一名警察問。

「他在廚房——或者馬上就會進廚房了。他找到一把斧頭——」

突然間，整幢房子裡都充滿了隱形人揮打廚房門的聲響。女孩呆呆望著廚房門，渾身戰慄，退到餐廳。坎普勉強以支離破碎的句子說明整個情況。在場人人都聽到廚房門被劈開的聲響。

「這邊。」坎普高喊一聲，迅速採取應對之策，把兩名警察推進餐廳門口。

「撥火棒。」坎普說著衝到炭欄前。他把自己手邊帶的撥火棒交給一名警察，餐廳那支交給另一名。突然間，他身體猛往後仰。

「哇！」第一名警察脖子一縮，用他的撥火棒架住斧頭。手槍發出倒數第二顆子彈，清脆地打穿一件價值不菲的席德尼．古柏製品。第二名警察舉起他的撥火棒，勁道十足地往那小武器一敲，「吭啷！」一聲，槍枝落地。

女傭在衝突初起時便扯開了嗓門高聲尖叫，站在壁爐邊持續叫了一分鐘，然後跑過去打開遮板——極有可能是抱持著想從破碎的窗口逃走的念頭。

斧頭繼續逼進走廊，往下一沈，降落到離地大約二呎高的位置。他們可以聽得到隱形人的呼吸聲。「站開，你們兩個！」他說：「我要找的是坎普。」

「我們卻要找你。」第一名警察說著，飛快跨前一步，拿著他的撥火棒，對準那聲音揮過去。隱形人想必是猛往後一跳，無意間發現到傘架。這時那名警察由於瞄準目標便大力揮棒，腳下踉蹌不穩，於是隱形人掄起斧頭與他對敵，頭盔像紙一樣被一斧頭砍皺，警察頭昏眼花地倒在廚房樓梯口。但在斧頭後方用撥火棒瞄準目標的第二名警察卻打中某樣急速行動的柔軟東西。現場響起一聲痛苦而刺耳的尖叫，斧頭隨即掉落地上。警員再度對著虛空揮棒，但什麼也沒擊中。他一腳踏住斧頭，再度大力揮棒；最後手握棒子，專注傾聽最細微的動靜。他聽到餐廳的窗戶開啓，戶內有陣疾奔的腳步聲。他的伙伴打個滾翻坐挺起來，血絲從眼睛和耳朵之間流下。

「他在哪裡？」坐在地板上的那名警察問。

「不曉得！我打中了他。他站在門廳的某處；否則就是從你旁邊溜掉了。坎普醫師——先生。」

短暫的沈默——

「坎普醫生！」警察再度高呼。

第二名警察掙扎著起立。他站了起來。突然間，輕微的赤腳走步聲「啪噠，啪噠！」在廚房樓梯響起。

「哎呀！」第一名警察大叫一聲，不由自主地甩出他的撥火棒，砸在一個小瓦斯托架上。

他擺出一副想要追隱形人下樓的姿勢；仔細想想，又轉而踏進餐廳。

「坎普醫生——」他喊到一半便陡然住口。他的同伴正從後方越過他的肩膀張望。

「坎普醫生是英雄。」他說。

餐廳窗戶大開，女傭和坎普都不見人影。

第二名警員對坎普醫生的看法既簡明又鮮活。

第二十八章・獵殺者落難

當坎普宅初遭圍困時，坎普醫生那些別墅主人鄰居之一——希拉斯先生正在自家涼亭呼呼大睡。希拉斯先生是極少數拒絕相信有關隱形人「那一切鬼話」的頑固派之一。然而，正如他後來常被提醒的，他的太太可信得很。他堅持要若無其事地在自家花園裏散步，下午也不改多年積習，非在園子裏睡個午覺不可。他一覺睡過整場砸窗時間，才在一股莫名其妙的信念下醒過來。那股信念告訴他，一定有什麼不對勁的地方。他的目光掃過坎普的屋子，揉揉眼睛，再度對著它張望。然後他把雙腳擱到地上，坐著專注傾聽。他暗罵自己有毛病。但怪事的確清晰可見。那棟房屋看起來就像荒廢好幾個禮拜了——在歷經一場大暴亂後，每扇窗戶都破了；每扇窗戶——除了觀景書房那幾扇外——都被內部的遮板遮得無法望見內部。

「我發誓它原本好好的；」——他盯著那棟房子——「就在二十分鐘前。」

他漸漸聽清，在遙遠的遠方傳來陣陣規律的撞擊聲和玻璃碰撞聲。接著，就在他目瞪口呆地坐在涼亭當中時，發生了一件更令人驚奇之事。餐廳窗戶的遮板被突如其來地猛力打開，身著外出服、頭戴外出帽的女傭出現了，拚了命瘋狂地想將窗框往上推。突然間有個男子出現在她身後，幫助她——是坎普醫生！窗戶不一會兒就被推開，女傭奮力往外爬；她向前一跳，消失在矮樹叢裏。希拉斯先生站了起來，嘴裏咿咿唔唔、語無倫次地叫嚷著他所看到這一切不可思議的事情。他看見坎普站在窗台奮身一躍，幾乎一轉眼間又重現身影，彎著腰、伏低身形，像個躲避觀察之人般，沿著樹叢間的一條小徑，消失在一叢金鏈花後，隨後再度現身，攀爬一堵鄰接下山道路的圍牆。轉眼間他已翻過牆頭，邁開驚人的大步往下衝，朝希拉斯先生這個方向奔來。

「天啊！」希拉斯先生大叫一聲，猛想到一個念頭：「是隱形人那玩意兒！沒錯，那玩意兒畢竟是真的！」

希拉斯先生想到這兒，趕緊採取反應。於是正從頭頂窗戶望著他的廚子便驚訝地看見他以時速九哩的速度急急奔向屋裏。「還以爲他不怕哩！」廚子自言自語。「瑪莉，快來！」重重地捶門加上急促的按鈴聲，伴著布拉斯先生如牛般的大吼齊響：「把門關緊，所有東西都關緊！隱形人來啦！」屋子裏馬上就充滿尖叫、指派和慌亂的腳步聲。他本身奔到向著遊廊開啓的落地窗將它關好。就在此時，坎普的頭、肩、膝蓋出現在花園圍牆上。不一會兒，醫生已經一鼓作氣地通過龍鬚菜圃，衝過網球場，朝主屋奔來。「你不能進來！」希拉斯先生趕緊鎖好門，說：「如果他是在追你，我很遺憾；但你不能進來！」

坎普滿臉驚懼地湊近玻璃窗口，先是用力拍打，繼而發狂似地猛搖落地窗。這時，他發現自己就算再怎麼搖撼都沒用，於是沿著遊廊，以手支撐，跳到盡頭，用力拍打側門。接著他又順著側門，奔向房屋正門，隨即奔下山路。希拉斯先生視而不見地從他的窗口——一臉畏恐懼——呆呆目送坎普消失蹤影，還有整畦龍鬚菜被一雙肉眼看不見的腳踐踏而過。終於，希拉斯先生十萬火急地逃到樓上，以下的追逐他就再也無緣目睹了。不過，就在通過樓梯間的窗戶旁時，他聽到側院的大門砰然一聲巨響。

坎普一跑上山路，很自然地就直往下山方向衝，奔向那些四天前他還帶著批評的目光、從自家觀景書房對著他們眺望的那些族人。他一路跑得非常順暢；儘管大汗淋漓、臉色蒼白，腦筋仍始終維持冷靜。他邁開大步賣力奔跑，不管在何處看到粗糙的地面裂開一條縫、一地燧石，或一些照得人眼花的碎玻璃，都流暢地奔過，讓後面追蹤而來的那雙赤裸的腳去碰它們的運氣。

這是坎普平生第一次發現山路是如此說不出的廣闊且荒涼，而遙遙的山腳下那座城市的起處又是那般渺遠。所有前進的方法中，再也沒有什麼比奔跑更遲緩、更令人痛苦的了。所有在午後黯陽下沈睡的荒涼別墅，看起來都是門戶深鎖，滴水不漏——是他自己吩咐的。但無論如何，他們很可能一直向外瞭望，期待看到一個像這樣的收場！此時城鎮已經浮現於眼角，更遠處的海洋陷落於視線外，城裏的人們正紛紛擾擾。一部煤車剛抵達山腳。再過去就是警察局。頃刻間他已通過歡樂板球員酒店門口，來到辛苦奔跑的長路終點站，置身於人群間。運煤車的車伕和他的助手——被他那急如奔命的倉皇態度吸引住了注意力——站在未解開繫繩的馬匹旁注視著他。更遠處，一張張鑿溝工人錯愕的臉龐出現在纍纍的石堆上。

他的腳步略一停頓，馬上就聽到追逐者飛快的劈劈啪啪腳步聲，趕緊拔腿大步向前衝。「是隱形人！」他比劃著雙手，對那些工人大叫。突然靈機一動，躍過挖開的渠道，立刻使自己和追逐者間隔開一群魁梧的男子。這時他放棄前往警局的主意，轉身折入一條小小的巷子，衝過一輛菜販的貨車旁，在某家糖果舖門口略微遲疑十分之一秒，奔往一條接回主山路的巷弄入口。巷口有兩、三名孩童正在嬉戲，一見到他如此飛也似地衝過來，無不大聲尖叫，四下逃散，惹得他們的母親無不趕緊滿臉關切地打開窗戶、大門。他箭一般地衝出巷道，回到山路，距離運煤車軌道末端已有整整三百碼。不一會兒，他便覺察到人聲沸騰、人們奔走紛紛的現象。

他往通到小山的街道望去。不到十二碼外，有名高大的築路工人正邊跑邊斷斷續續地罵不絕口，並拿著鏟子猛揮猛砍，而指揮煤車行動的管理員也握著雙拳，緊追其後而來。街道上，不少人一路又喊又砍地追隨他們身後。城鎮裏，男男女女都在奔跑。他清清楚楚地注意到有個男子手持棍棒，由一家商店跑出來。「散開！散開！」有人高呼。坎普猛然領悟到這場追逐情況的轉變。他停下腳步，氣喘吁吁地轉過身來，大叫：「他就在附近！只有一線之隔——」

「啊哈！」有個聲音高喊。

他的耳下挨了一擊，搖搖欲墜，試圖轉身面對他那看不見的對手。他才剛勉強站穩雙腳，便猛力往空中一揮；落空。緊接著，他的下巴馬上又挨了一拳，整個人仰臥在地。一個膝蓋立即頂住他的橫隔膜，一雙急切的手扼住他的喉嚨，但其中一隻的力氣較為虛弱；他抓住對方的兩隻手腕，聽到那名攻擊者發出一聲疼痛的哀號。高大工人的鏟子隨即往他上方的空氣中旋轉揮舞。沈悶的撞擊聲中，它砍著了某樣東西。坎普感覺到臉上微溼，扼住他喉嚨的雙手陡然一鬆；他奮力掙扎，脫離那人的雙掌，握住一個軟弱無力的肩膀，並打個滾翻到那人上方。他抓住隱形人靠近地面的雙肘。「我抓到他了！」坎普尖叫著：「幫幫忙！幫忙抓著！他倒在地上！快抓住他的腳！」

剎那間，大夥兒一湧而上，加入戰局。若是有哪個外地人突然蒞臨這條街道，恐怕會以為一場極爲粗魯的橄欖球賽正在進行。在坎普那陣大叫聲之後，現場便沒有再出現任何呼喊聲！只有拳打腳踹，配合一陣沈重的喘息。

隱形人經過一番激烈掙扎，甩開兩名對手，蹲跪而起。坎普像頭咬住雄鹿不放的獵犬般當胸緊扯住他，另有十來隻都在猛抓、猛揪、猛扯那看不見的人物。突然間，煤車指揮員抓到他的脖子、肩膀，將他往後拖。

整群奮戰中的人們再度拳打腳踢，滾成一團。恐怕，其間還包括幾次十分殘暴的踢打。忽然，一聲瘋狂的厲叫：「饒命！饒命啊！」叫聲如窒息般迅速消逝。

「退後，你們這些笨蛋！」坎普悶聲大叫。整群健壯的身形隨即行動迅速，你推我擠地往後跳。「我告訴你們，他受傷了。退開！」

經過一番短暫推擠，總算清出一小塊空地，圍成一圈的熱切臉龐立即看見醫生蹲跪在地，看似握著隱形人的雙臂，將他放到地上。醫生背後有名警官緊握住無形的腳踝。

「千萬別鬆手哇！」那高大的工人手持血淋淋的斧頭直嚷著：「他是在裝死。」

「他不是在裝死；」醫生小心翼翼地抬起膝蓋：「還有，我會抓住他。」他臉頰浮腫而且已經開始轉紅；由於嘴角淌血，講起話來帶著濃濁的口音。他鬆開一隻手，看似要摸摸對方的臉。

「嘴邊全濕了。」他說著，隨即低呼一聲：「老天！」

他猛然起立，然後蹲跪在那不可見的東西一旁的土地上。場邊推推攘攘。一陣密集的腳步聲帶來新加入的人群，使得現場更加擁擠不堪。人們紛紛走出戶外，歡樂板球員的店門也猛然大開了。

坎普這裏摸摸、那裏摸摸，感覺上他的手像是通過空空的空氣。「他沒在呼吸；」他說：「我摸不到他的心跳。他的脇下——哎！」

突然，一名從高大的工人腋下猛往裏探頭探腦的老婦高聲尖叫起來。「你們看！」她說著，比出一隻皺巴巴的手指。

人們往她所指的地方望去，只見那是一具稀稀薄薄、像煞由玻璃製作的透明物，因此靜脈、動脈、骨頭和神經都可以辨識得出來，還可看出一隻手的輪廓——一隻無力下垂的手。就在人人盯著它看時，那東西漸漸轉爲朦朧、蛋白色。

「喝！」警官大叫：「瞧，他的腳現形了！」

就這樣，慢慢地，從手、腳開始，沿著四肢爬向身軀的最中心，那奇異的變化持續進行。就像毒藥的緩慢擴散一樣，首先是小小的白色神經，灰濛濛的某條四肢輪廓，如玻璃般的骨骼和錯綜複雜的血管，接著是肌肉、皮膚；剛開始時是淡淡的薄霧，隨即快速轉濃，轉爲不透光。不一會兒，他們便看到他被打爛的胸膛和肩膀，還有他那已然破碎、變形的五官模糊的輪廓。

等到人們終於讓出一點空間，讓坎普挺身站起，他們看見可憐兮兮、裸體躺在地上的是個年約三十，身上處處浮腫、傷口的年輕人。他的髮鬚盡白——不是因爲年老而白髮蒼蒼，而是白化症造成的白；同時雙眼是暗紅色的。他雙拳緊握，兩眼瞪得大大的，帶著滿臉驚怒交集的神色。

「蓋上他的臉！」有人低呼：「看在老天爺份上，蓋上他的臉！」三名小孩推推攘攘地擠到人群前方，突然猛一轉身，又一起往外鑽。

有人從歡樂板球員客棧拿了一條被單出來，蓋住屍身，幾人合力將他抬入客棧。

尾聲、永不消逝的夢

隱形人那奇異而又邪惡的實驗所帶來的故事就這樣結束了。若是你想多打聽一點有關他的事情，就必須到某家靠近斯陀港的小客棧去找店東聊聊天。那家客棧的招牌上除了一頂帽子和長靴，便是一塊空空的板子。店東是個矮矮胖胖的男人，圓拱鼻、硬頭髮，臉上零星散布幾處玫瑰紅。大方喝酒，他自會大方告訴你在那之後發生在他身上的事情，以及數名千方百計想讓他失去財富的律師對他的認定。

「上帝佑我，他們發現假若不能辯明我是個該死的非法侵佔財物者，就不能證明那些錢是誰的！」他說：「我看起來像個竊佔財物的人嗎？後來一位先生付我一晚一吉尼（譯按：二十一先令），在帝國音樂廳把這故事說給他聽——除了一點——只用我自己的語言。」

倘若你想獰然打斷他滔滔不絕的追憶，只消問他一聲他說的故事裡有沒有三本手寫筆記，保證馬上奏效。他承認是有那三本筆記，同時還進一步鄭重說明，人人都以爲他擁有它們！但不騙你，他沒有。「在我擺脫他奔往斯陀港時，隱形人把它們拿去藏起來了。說我擁有它們，是坎普醫生灌輸到人們腦子裡的念頭。」

而後他便會陷入一副憂心忡忡狀，賊頭賊腦地瞅著你，緊張兮兮地不時扶扶眼鏡，要不了幾分鐘就離開櫃檯。

他是個單身漢——他的品味永遠是單身漢品味，整棟屋子裡沒有半個女性。外表上他扣鈕釦——這是意料中之事——但在更爲私秘的，比方說吊帶這種事吧，他依舊借助於細繩。他毫無困難地經營整座客棧，不過靠的是名聞遐邇的禮節。他行動溫吞，看起來像個偉大的思想家。但在村子裡他卻以睿智和適度的節儉而享有盛譽；同時，他對英格蘭南方的道路之熟稔，更足以打敗柯貝特。❶

週日早上，從年頭到年尾的每個週日早上，當他關上門與外界隔絕，以及每晚十點後，他都會走進酒吧間，端出一杯淡淡摻著水的琴酒，鎖好了門，檢查過窗簾，甚至往桌子底下瞧上一瞧。然後，在確定只有一人獨處的情況下，打開食櫥、食櫥裡的一只箱子、和那箱子裡的一個抽

❶ 威廉·科貝特（1763-1835），筆名Peter Porcupin（刺蝟彼得），英國記者及從政者。

屜的鎖，取出三冊包著棕色封面的本子，鄭重其事地擺在桌面中央。封皮已歷盡風霜剝蝕並滲著一絲海藻綠——因爲它們曾一度跌落溝渠，其中幾頁並因而被污濁的水浸泡，成了空白。店東坐到一把搖椅上，慢慢塡好一管長菸桿——同時帶著垂涎的眼神盯著那些本子。然後他從中取出一本拿近眼前，開始專心研讀——前前後後、來來回回翻動畫頁。

他鑽著眉頭，嘴唇千辛萬苦地蠕動，「六角形，小小兩個在半空中，交叉計號和一句胡說八道。天哪！他的聰明才智是多麼驚人！」

隔不多久他便放鬆表情，靠回椅背，在滿室氤氳中對著那三本別人都看不到的東西猛眨眼。「充滿秘密；」他喃喃自語：「神奇的秘密！」

「一旦讓我參透他們——上帝！」

「我不會做他所做的那些事；我只是——噢！」他猛抽一口菸。

於是，他陷入夢想——一個在他一生中永不逝去的神奇之夢。儘管坎普不斷探聽，艾迪密切詢問，世上除了那名店主人，沒有人曉得那三冊微妙地記錄著隱形之秘與其他十餘個神奇秘密的本子在哪裡。而除非到他死後，世上也永遠不會有別人曉得……

國家圖書館出版品預行編目資料

隱形人／H・G・威爾斯／著　楊玉娘／譯
-- 二版 -- 新北市：新潮社，2020.04
面；　公分
譯自：The Invisible man
ISBN　978-986-316-760-0（平裝）

873.57　109000964

隱形人

H・G・威爾斯／著

楊玉娘／譯

【策　劃】林郁
【企　劃】天蠍座文創
【出　版】新潮社文化事業有限公司
電話：(02) 8666-5711
傳真：(02) 8666-5833
E-mail：service@xcsbook.com.tw

【總經銷】創智文化有限公司
新北市土城區忠承路 89 號 6F（永寧科技園區）
電話：(02) 2268-3489
傳真：(02) 2269-6560

印前作業　菩薩蠻、東豪印刷事業有限公司

二　版　2020 年 4 月